ENGENHOS DA SEDUÇÃO

COLEÇÃO CLÁSSICOS COMENTADOS

Dirigida por João Angelo Oliva Neto
José de Paula Ramos Jr.

Ateliê Editorial

Editor
Plinio Martins Filho

MNĒMA

Editor
Marcelo Azevedo

ENGENHOS DA SEDUÇÃO

O Hino Homérico a Afrodite *em Quatro Ensaios e uma Tradução*

Mary de Camargo Neves Lafer
Apresentação e Tradução

Olgária Matos
Prefácio

Edição Bilíngue

Ateliê Editorial

MNĒMA

Dados Internacionais de Catalogação na Publicação (CIP)
(Câmara Brasileira do Livro, SP, Brasil)

Engenhos da Sedução: o Hino Homérico a Afrodite *em Quatro Ensaios e uma Tradução* / Mary de Camargo Neves Lafer, apresentação e tradução; Olgária Matos, prefácio. – Cotia, SP: Ateliê Editorial; Araçoiaba da Serra, SP: Editora Mnema, 2022.

Edição Bilíngue: Português/Grego.

ISBN 978-65-5580-081-4 (Ateliê Editorial)
ISBN 978-65-85066-00-6 (Editora Mnema)

1. Literatura grega antiga I. Lafer, Mary de Camargo Neves. II. Matos, Olgária.

22-119947 CDD-880

Índices para catálogo sistemático:

1. Literatura grega antiga 880

Eliete Marques da Silva – Bibliotecária – CRB-8/9380

Direitos reservados a

ATELIÊ EDITORIAL
Estrada da Aldeia de Carapicuíba, 897
06709-300 – Cotia – SP
Tel.: (11) 4702-5915
www.atelie.com.br | contato@atelie.com.br
facebook.com/atelieeditorial | blog.atelie.com.br

EDITORA MNEMA
Alameda Antares, 45
Condomínio Lago Azul
18190-000 – Araçoiaba da Serra – SP
Tel.: (15) 3297-7249 | 99773-0927
www.editoramnema.com.br

Printed in Brazil 2022
Foi feito o depósito legal

Dedico este livro aos meus netos
Olívia, Heitor, Thomás, Valentin e Lior,
com quem aprendo outras maneiras de
ver, ouvir e imaginar.

SUMÁRIO

AGRADECIMENTOS *11*

UMA DEUSA E UM HOMEM:
FASCÍNIO E SEDUÇÃO – *Olgária Matos* *13*

BREVE APRESENTAÇÃO *17*

I. A PROPÓSITO DOS HINOS GREGOS *19*

Os Hinos Gregos *19*
Os Hinos Homéricos *21*
A Função dos Hinos Homéricos *24*
O Hino Homérico a Afrodite *25*

II. *HINO HOMÉRICO A AFRODITE*: PARÁFRASE
E COMENTÁRIOS *31*

O Hino *31*
Invocatio (vv. 1-45) *31*
Pars Epica (vv. 46-290) *36*
Precatio (vv. 291-293) *53*

III. *ΕΙΣ ΑΦΡΟΔΙΤΗΝ / HINO HOMÉRICO A AFRODITE* *55*

IV. VERSOS VISTOS – *Bia Wouk* *75*

V. *PEITHÓ*: PERSUASÃO, SEDUÇÃO E PODER 101

Artimanhas da Persuasão 101
Como Peithó *se Movimenta no* HHA?.............................. 105

VI. O SÉQUITO DE AFRODITE 113

Divindades.. 113
Eros *e* Hímeros 114
As Khárites *e as* Hórai 119
Passemos às Graças! 120
Nomes e Funções 123

À GUISA DE ARREMATE.. 127

BIBLIOGRAFIA 129

AGRADECIMENTOS

Todos nós que nos dedicamos às letras clássicas temos o gosto e a vocação de identificar na palavra não só o que comunica, mas o que ela revela. Agradecimento, do latim *gratus*, tem a acepção do reconhecimento, do estar grato por aquilo que nos foi dado.

É o dado e o recebido, no caminho de meus estudos do mundo helênico, que reconheço hoje ao publicar este livro.

Neste sentido, agradeço, em primeiro lugar, a Filomena Yoshi Hirata, orientadora da já distante tese de Doutorado em Letras Clássicas na FFLCH da USP sobre o mesmo tema deste volume, ela que, auxiliando-me não apenas no enfrentamento de desafios no campos especificamente literário, mas também com seu afetuoso empenho nas circunstâncias menos favoráveis. Agradeço a Nicole Loraux (*in memorian*), que me apresentou a uma ampla bibliografia sobre Afrodite e que muito me estimulou com seu estilo instigante. Sou igualmente grata a Haiganuch Sarian, que me possibilitou as pesquisas do material iconográfico sobre esta deusa na École d'Archéologie Française d'Athènes. Ao Professor José Cavalcante de Souza (*in memorian*), que me mostrou a grandeza e a fecundidade do mundo clássico, pelo que sou eternamente grata. Minha gratidão a João Adolfo Hansen, que está na origem do meu interesse pelos gregos e romanos. Ao Professor Antonio da Silveira Mendonça, que, com seu grande talento de professor e tradutor, revelou-me o prazer de traduzir os clássicos.

Agradeço ainda o que me foi dado no diálogo e no convívio com meus colegas das áreas de Grego e latim da minha faculdade e a Rodrigo Petrônio e Gênese Andrade, pelas suas leituras atentas e cuidadosas do presente texto.

Por fim, sou infinitamente grata ao senso de humor e perspicácia de meu filho Tiago, sempre presente com um gesto de carinho e de incentivo. *Last but not least*, ao Celso,

To whom I owe the leaping delight
That quickens my senses in our wakingtime
And the rhythm that governs the repose of our sleepingtime,
the breathing in unison.
[...]
Who think the same thoughts
without need of speech,
And babble the same speech
without need of meaning...

T. S. Eliot

UMA DEUSA E UM HOMEM: FASCÍNIO E SEDUÇÃO

OLGÁRIA MATOS
Universidade de São Paulo

Engenhos da Sedução: O Hino Homérico *a Afrodite em Quatro Ensaios e uma Tradução* indica, já em seu título, uma história oracular, uma hora-ocular, a do enamoramento. Com erudição, delicadeza e discrição – a que se reúnem desenhos da artista plástica Bia Wouk, que são, a seu modo, imagens que traduzem o Hino –, Mary de Camargo Neves Lafer constitui, em seus ensaios, uma iniciação ao *Hino Homérico a Afrodite* e, traduzindo-o para o português, amplia, a um só tempo, nossa língua e a língua estrangeira, entrecruzando a cultura que recebe a tradução e a dos hinos que são sua origem, transferindo assim o passado ao presente, fazendo-o nosso contemporâneo. Tradução do canto "à moda de Homero", cuja origem o tempo dispersou e assim se perdeu: "Nem na Antiguidade nem em nossos dias", observa a autora, "se fez um *corpus* dos *Hinos Gregos*. Há coleções parciais que os organizam de acordo com certas características peculiares ao conjunto, sob denominações como *Hinos Homéricos*, *Hinos Órficos* ou *Hinos de Calímaco*, para citarmos os mais conhecidos".

Cenarizando a sedução da deusa Afrodite apaixonada pelo mortal Anquises, Mary elabora comentários históricos, estilísticos e filológicos, sempre atenta à silabação, aos contatos vocálicos, aos fenômenos fonéticos e prosódicos, aos epítetos. Há, na tradução da autora, o olhar *voyeur* da visão amorosa, mas em *sfumato*, acompanhando a escala de sonoridade que se liga ao gênero poético. E Mary observa "como a deusa consegue causar assombro e fascínio em Anquises pelo impacto de sua presença". Logo que Zeus "no ânimo pôs doce desejo / de se unir a um homem mortal", [...] ainda o fez "quando junto dos deuses, não mais pudesse ela, / a ama-sorriso Afrodite, com atrevido sorriso, gabar-se / de induzir à união deuses e mulheres mortais", [...], o pai dos deuses e dos homens lança-lhe o doce desejo por Anquises e nela provoca uma profunda alteração: "Logo que o viu, a ama-sorriso Afrodite, em amor / redemoinhou com assombroso desejo no coração". Acompanhantes desse amor erótico e sexuado, vem o séquito de Afrodite: *Eros* e *Hímeros*, as *Khárites* e as *Hórai*, *Philótes* e *Peithó*, tudo preparando às artimanhas da sedução. Sim, pois se trata de uma deusa fulminada de amor, e, por isso, "hino", de diversas acepções, apresenta-se como uma doença divina e torna-se uma forma de prece: "Diferentemente dos outros Grandes Hinos, o *Hino Homérico a Afrodite* não trata do estabelecimento de um culto nem do nascimento de uma divindade" mas, sim, do caso da sedução do mortal Anquises pela imortal Afrodite, "do homem belo como um deus que se apaixona pela deusa que se faz passar por humana". Tudo se passa no plano da adoração, a começar pela evocação da Musa: "Musa, conta-me os trabalhos da multiáurea Afrodite", na primorosa tradução da autora. Razão pela qual Mary evoca o léxico amoroso da sedução em que *Philótes* (afeição, amor, amizade) e *Apáthe* (engano, mentira, traição) são "mediadas" pela *Kháris* (encanto, beleza) e por *Peithó* (o discurso convincente e persuasivo). Trata-se de sedução que – como o canto das sereias para Odisseu – é atração fatal, já que há transgressão das leis divinas, se uma deusa desejar um mortal, a quem torna vulnerável, pondo em risco sua vida: "E mesmo se o próprio Arqueiro Apolo / lançasse do argênteo arco funestas flechas, / eu aceitaria – ó mulher semelhante às deusas – descer à morada de Hades, depois de subir ao teu leito". As "metamorfoses do falso" – *Métis* (astúcia), *Peithó* (persuasão) e *Kháris* (graça) aliadas – constituem o enleio amoroso em que o medo não é vencido, apenas não conta mais.

A sedução requer, pois, os artifícios do engano, fazer-se passar por uma mortal, para triunfar. Pois se trata do amor como "arte da guerra", de uma malícia sem milícia. Com efeito, Mary refere-se a um entre os diferentes significados da Graça que encanta: "a *Kháris* é quem vibra diante do brilho da beleza de uma mulher ou quando, nos campos de batalha, os guerreiros a levam a seus comandantes ao vencerem por terem sido melhores na luta. *Kháris* é também o que identifica a adequação de uma conduta ou de um discurso". E este é uma questão de *Métis*, de inteligência ardilosa e ameaçadora, quando se afasta da *Kháris*.

Eis por que a autora apresenta a cena primitiva da sedução, cujo campo semântico inclui vários recursos de retórica, como gestos e cuidados com o corpo, a toalete, as vestimentas multicoloridas, as joias, os ornamentos. Com isso, a *Kháris* (graça e beleza) prepara uma armadilha, permitindo ao mais fraco prevalecer sobre o mais forte. E Mary anota: "Afrodite, ao se apresentar perfumada, com o frescor do banho e generosamente enfeitada com joias, flores e belas vestes, faz com que Anquises seja imediatamente sequestrado pela visão de tal magnificência".

Com rigor e arte, ensaios e tradução nos mostram que a sedução poética é como um ídolo mágico e sobrenatural que, no enlace amoroso, reaviva sua *Arkhé*, experiência aurática a confundir e fusionar, sempre ressurgentes, o profano e o sagrado.

BREVE APRESENTAÇÃO

Um mito propõe sempre uma profusão de interpretações. Neste volume, apresento cinco leituras do relato mítico contido no *Hino Homérico a Afrodite*: quatro consideram aspectos diversos da obra literária e o quinto é a leitura feita por uma artista plástica. A rigor, temos ainda uma sexta leitura, que é a própria tradução.

Minha intenção é oferecer um livro que alcance não apenas aqueles que já estudam o mundo helênico antigo, mas também aqueles que não têm formação específica nessa área de estudos. As notas e a bibliografia respeitam as normas acadêmicas, porém, o tom em que escrevi os comentários não segue necessariamente essas convenções. Espero conseguir estimular meus possíveis leitores a outras aventuras reflexivas neste universo fértil e deleitável da literatura grega antiga.

I
A PROPÓSITO DOS HINOS GREGOS

OS HINOS GREGOS

Os antigos gregos e romanos tinham diversos modos de se dirigir a seus deuses. As orações podiam ser ditas em voz alta ou apenas sussurradas, costumavam ser inscritas em plaquetas, escritas em papiros ou gravadas em pedras, ou ainda rabiscadas como *graffiti*[1]. Outra maneira de se endereçarem às divindades era por meio de hinos. Estes dois modos, a oração e o hino, têm entre si aproximações e diferenças importantes. Vejamos. Ambos têm como objetivo estabelecer uma relação de escuta com a divindade. A prece tem sempre uma dimensão autorreferente para que o enunciador consiga o que pretende para si ou para sua comunidade. O hino pretende elogiar a divindade escolhida, apresentando-se na forma de canção ritmada, concebida por um poeta profissional, enquanto que a prece se caracteriza por ser mais livre formalmente e se apresentar em prosa. O hino tem a dimensão de oferenda e permite que o "cantor" estabeleça uma verdadeira relação de reciprocidade e de deleite mútuo, como bem mostra Ruffy[2]. Há, ainda, outras variações quanto à extensão, ao público a que se dirige, ao perfil do executante etc.

1. H. S. Versnel e Van Straten, *Faith, Hope and Worship*, pp. 1-63.
2. M. V. Ruffy, *La Fabrique du Divin*, Liège, Presses Universitaires de Liège, pp. 13-23.

Muitas são as tentativas de definição de hino, incluindo as dos autores antigos. Na epopeia homérica, ele designa um canto entoado por um aedo, como, por exemplo, o canto de Demódoco no palácio de Alcínoo (*Odisseia*, VIII, v. 429). Já na *Teogonia* hesiódica (vv. 36-52), ele é empregado com o sentido de "canto das Musas". Em Píndaro e Baquílides, no século VI a.C., o vocábulo aparece para indicar um canto coral usado para celebrar os vencedores das competições esportivas. Em *As Aves*, de Aristófanes, tem o sentido de "lamentação". No século IV a.C., Platão afirma sem rodeios que *hýmnos* é uma "prece" e um "elogio a um deus"[3]. O neoplatônico Proclo, no século V d.C., emprega o termo como uma derivação do verbo *hýdein*, com o sentido de "falar".

Verifiquemos igualmente a etimologia, que, na maioria dos casos, nos fornece boas pistas para nos aproximarmos da compreensão de uma palavra. Entretanto, advertimos que, no caso do vocábulo "hino", sua origem é tão obscura que não nos permite formular nem mesmo uma "quase-definição"[4]; fornece-nos, entretanto, pistas para nossa investigação. Segundo Ruffy[5], no *Etymologicum Gudianum*, essa palavra está associada à noção de "elogio". Chantraine, em seu *Dictionnaire Étymologique de la Langue Grecque*[6], afirma também que a etimologia de *hýmnos* é obscura e que, formalmente, ela poderia ter sua origem aparentada à palavra *hýmen*, com o sentido de "ligação", "liame" e, portanto, *hýmnos* significaria algo como "canto reunido". Chantraine observa também que *hýmnos* pertenceria à mesma área semântica do verbo *hyphaínein*, que significa "tecer". Porém, é o próprio Chantraine quem nos adverte que nenhuma dessas hipóteses pode ser completamente aceita devido a intransponíveis problemas de fonética que aí se encontram. Càssola[7], em sua "Introdução Geral" à edição dos *Hinos Homéricos*, observa que muitas hipóteses foram levantadas e que, basicamente, elas

3. Platão, *Leis III*, 700b.
4. P. Chantraine, *Dictionnaire Étymologique de la Langue Grecque*, p. 1156.
5. *Etymologicum Gudianum*, 540.38.
6. P. Chantraine, *Dictionnaire Étymologique de la Langue Grecque*, p. 1156.
7. F. Càssola, *Inni Omerici*, pp. X-XII.

se combinam em três possibilidades etimológicas. Alguns relacionam esse termo grego com a raiz védica *sumná*, que significa "benevolência" e também "homenagem" e "prece". Outros, segundo o helenista italiano, o conectam, como já vimos anteriormente, ao verbo *hyphaínein* (tecer) ou ainda ao substantivo *hýmen* (liame). Parece-nos evidente que, com essas poucas exemplificações de ocorrências do termo, *hýmnos* é empregado em diversas acepções, dependendo das épocas e dos autores. Nem na Antiguidade nem em nossos dias se fez um *corpus* dos Hinos Gregos. Há coleções parciais que os organizam de acordo com certas características peculiares ao conjunto, sob denominações como Hinos Homéricos, Hinos Órficos ou Hinos de Calímaco, para citarmos os mais conhecidos.

OS HINOS HOMÉRICOS

Os *Hinos Homéricos* são composições poéticas anônimas, como dissemos, escritas "à moda" de Homero, isto é, usando o mesmo verso, o hexâmetro, o mesmo tipo de sintaxe, o mesmo léxico e a mesma "dicção homérica". O *corpus* de 33 poemas reunidos e editados por T. W. Allen, W. R. Halliday e E. E. Sikes é uma das edições mais adotadas e que, neste livro, será citada como AHS[8]. O número de versos desses poemas é bastante variado. Há hinos de 548 versos, como o terceiro na classificação de AHS, o *Hino Homérico a Apolo*, e outros com apenas seis versos, caso do hino de número 13, dedicado a Deméter. Quanto à época em que foram compostos, constatamos que apenas os cinco primeiros hinos deste *corpus* são do período arcaico da literatura grega, portanto, quase contemporâneos de Homero. São conhecidos como "Grandes Hinos", dedicados, respectivamente, a Dioniso, Deméter, Apolo, Hermes e Afrodite. Teriam sido compostos muito provavelmente nos séculos VII a.C. e VI a. C. Os demais hinos da edição de AHS foram compostos em diferentes períodos, entre o século V a.C. e o I a.C.

8. T. W. Allen; W. R. Halliday e E. E. Sikes, *The Homeric Hymns.*

Do ponto de vista formal e de conteúdo, entretanto, qualquer que seja sua extensão, essas composições têm uma estrutura tripartite: há sempre uma "introdução", uma "seção média" e uma "conclusão", que aparecem nomeadas de diferentes formas, de acordo com o estudioso que as analisa e nomeia. Esses hinos devem ter sido reunidos sob essa denominação no século V d.C. e sua primeira impressão foi a edição florentina de 1488, juntamente com a *Ilíada* e a *Odisseia*. Claude Calame[9] define essa estrutura tripartite pelos termos *evocatio*, *epica laus* e *prece*. Richard Janko[10] utiliza *introduction*, *middle section* e *conclusion*, enquanto J. N. Bremmer[11] prefere adotar *introduction*, *argument* e *conclusion*.

Escolhemos aqui a nomenclatura tradicional, em latim, embora pudéssemos ter adotado outras, pois, *grosso modo*, se equivalem e são igualmente adequadas. Adotamos, pois, a nomenclatura apresentada por Ausfeld[12], ou seja, *invocatio*, *pars epica* e *precatio*. Assim, os Hinos Homéricos estão estruturados de acordo com as três partes que explicamos a seguir.

Invocatio

Consiste na invocação do nome da divindade ou de seus epítetos, títulos e nomes alternativos. Essa invocação será mais ou menos elaborada, de acordo com o hino a que dá início, isto é, se consiste em um hino mais formal e mais burilado ou mais simples, o que determinará a extensão e o arranjo da *invocatio*.

Nesta parte inicial, é convencionado que os deuses sejam invocados das seguintes maneiras:

9. C. Calame, *Variations Énonciatives, Relations avec les Dieux et Fonctions Poétiques dans les Hymnes Homériques*, pp. 2-19.
10. R. Janko, *The Structure of the Homeric Hymn to Aphrodite: A Study in Genre*, p. 57.
11. J. N. Bremmer, *Interpretations of Greek Mythology*, pp. 193-213.
12. Ausfeld, *apud* J. N. Bremmer, *Interpretations of Greek Mythology*, nota 10, p. 194.

1. Pelos nomes de culto, como Palas Atena, Apolo Febo etc.
2. Pelos patronímicos ou metonímicos, como em Afrodite Citereia, Apolo Latônio etc.
3. Pelos nomes que indicam a fusão entre "deuses menores" e "deuses maiores", como Hécate e Ártemis, Eniálio e Ares etc.
4. Pelos nomes que indicam residência habitual de uma divindade, como Afrodite Cípria, Hera Argiva etc.
5. Por suas funções, como Hermes Psycopompos (condutor das almas dos mortos) ou Ártemis Kourótrophos (que nutre e cria os jovens).
6. Há, ainda, epítetos cujos significados ou procedências são obscuros e que seguem a tradição formular da épica homérica, como no caso de Atena Atrytone ou Hermes Argicida, geralmente traduzidos por "Infatigável" e "Matador de Argos". Entretanto, as etimologias das duas palavras são inconclusivas.

Pars Epica

Constitui-se por um tipo de narrativa a respeito de algum acontecimento importante da "biografia" da divindade, ocorrido em um tempo longínquo e indeterminado, ou seja, no tempo do mito. A partir desse relato, vamos descobrindo o modo como cada deus obtém sua área de influência e suas atribuições dentro da organização do universo e dos deuses. O que é imprescindível nesta parte do hino é a narrativa de um episódio relacionado com a divindade em questão. Trata-se do trecho mais importante e desenvolvido do poema.

Precatio

É a parte do hino em que o poeta afirma que passará a cantar outro episódio ou outro deus. Se entendermos esses hinos como introdutórios a outros poemas mais longos que devem se seguir a eles, muito se esclarece sobre suas funções.

Segundo Bremmer[13], Ausfeld observa que, na *pars epica*, aquele que compõe o hino se preocupa, sobretudo, em acentuar o poder, as habilidades ou os privilégios especiais do deus homenageado: neste ponto, Bremmer e Ausfeld ressaltam que o *argumento/pars epica* pode ser tomado em si mesmo como um "hino em louvor", pois atende a duas necessidades: a conveniência (*tò prépon*) e a credibilidade (*tò pithanón*).

Bremmer finaliza seu artigo lembrando também da importância dos "hinos" que encontramos no *párodos* das tragédias e na *parábasis* das comédias áticas do século V a.C., nos quais podemos admirar belíssimos exemplos de hinos homenageando um deus ou um grupo de deuses.

A FUNÇÃO DOS HINOS HOMÉRICOS

A questão sobre a função dos Hinos Homéricos foi apresentada, de forma indireta, por Tucídides[14], quando, ao citar o *Hino Homérico a Apolo*, ele o chama de *prooímion apóllonos* (Proêmio a Apolo). A etimologia da palavra *prooímion* aponta para duas direções: *oimõs*, "o que indica o caminho", ou *oimé*, "o que precede o canto". O historiador atribui essa peça literária a Homero, inclusive porque nenhum outro autor é nomeado para nenhum dos outros hinos. Assim, o ponto de partida para qualquer investigação sobre a função desses hinos ficou sendo a palavra *prooímion* da afirmação tucidideana.

Esse termo foi aceito e refutado ao longo dos séculos. Atualmente, a maior parte dos helenistas define o *prooímion hexameter* como um hino para honrar um ou mais deuses, em um contexto de competição de rapsodos (*agón mousikós*), cujo objetivo é introduzir outra *performance*, que se apresenta em seguida. Algumas vezes, o próprio hino nos dá alguma indicação, fazendo referência a um lugar específico, como, por exemplo, o *Hino Homérico a Deméter*, que nos remete aos Mistérios de

13. J. N. Bremmer, *Interpretations of Greek Mythology*, pp. 193-213.
14. Tucídides, *História da Guerra do Peloponeso III*, p. 104.

Elêusis, ou ainda o *Hino Homérico a Apolo*, que indica claramente que o poeta está participando do Festival de Delos. No *Hino VI*, também dedicado a Afrodite (v. 20), o poeta pede os favores da deusa para vencer o concurso do qual está participando.

Esses hinos, ou proêmios, têm em sua parte final uma fórmula de transição para dar início, em seguida, a um poema épico: "Tendo a ti hineado primeiro a outro devo passar". Charles Boer[15] matiza um pouco essas afirmações[16], ao acrescentar que esses *prooímioi* deveriam ser compreendidos mais como o termo musical "prelúdio" do que como uma introdução apenas, como uma espécie de "prefácio". Strauss-Clay mostrou competentemente a coerência que existe entre os cinco Grandes Hinos, do ponto de vista da gênese e da formação da ordem olímpica, sendo que os padrões da cosmogonia primordial persistem na era olímpica e esses Hinos Homéricos são a culminância do processo teogônico[17].

O *HINO HOMÉRICO A AFRODITE*

O *Hino Homérico a Afrodite (HHA)*, o quinto hino na edição de A.H.S., é considerado, quase que unanimemente, como o mais antigo, o mais "homérico", o mais belamente elaborado dos Hinos Homéricos. Se quiséssemos resumir seu objeto, poderíamos dizer que ele trata de como o poder excessivo e abusivo de Afrodite é circunscrito por Zeus, sendo que o relato exalta o poder de sedução e a capacidade de persuasão da deusa, indiferente à separação entre deuses e homens.

Ann Bergren[18] destaca que o *HHA* não obedece totalmente às regras retóricas de uma poesia de elogio, verificáveis nos demais hinos ho-

15. C. Boer, *The Homeric Hymns*, p. 21.
16. W. Furley, *Greek Hymns*, p. 41.
17. J. Strauss-Clay, *Politics of Olimpus, Form and Meaning in the Major Homeric Hymns*, p. 178.
18. A. L. T. Bergren, *The Homeric Hymn to Aphrodite: Tradition and Rhetoric, Praise and Blame*, pp. 1-41.

méricos; ele tem um modo peculiar: subverte o gênero, produzindo uma causa primeira (*aítion*) que, ao mesmo tempo, elogia e reprova esta deusa.

Como nos adverte Jenny Strauss-Clay[19], os cinco Grandes Hinos têm em comum, na *pars epica*, uma narrativa sobre o aparecimento de uma nova divindade e sua acomodação no panteão e no universo. Cada hino se centra em um momento "marcador de época" na história e na organização do mundo dos deuses e dos humanos, ou de ambos. Cada deus tem uma esfera de atividade que lhe é própria e também uma maneira peculiar de interagir com os mortais. Por essa razão, o advento de uma nova divindade vai marcar uma nova era nas relações entre deuses e homens, e a manifestação concreta dessa relação é dada pela fundação de um novo culto. Nessa perspectiva, o *HHA* se diferencia dos demais, uma vez que não se relata neste hino nem o nascimento de um novo deus nem a criação de um novo culto. A narrativa é a respeito da sedução do mortal Anquises pela deusa Afrodite, seguindo os desígnios de Zeus.

Quanto à sua datação, este hino foi objeto de inúmeros estudos a partir de suportes linguísticos e filológicos rigorosos, e, segundo Janko[20], esses estudos podem ser agrupados em três conjuntos. O primeiro deles é o resultado das pesquisas de G. Hermann, K. Reinhardt e H. N. Porter[21], que sustenta que o *HHA* é tão antigo quanto os poemas épicos de Homero. Já E. Heitsch, A. Hoekstra e J. C. Kamerbeek[22] afirmam que a dicção deste hino é pós-homérica. Por fim, o terceiro grupo recomenda que sua data seja localizada no século IV a.C. ou no Período Helenístico, sendo seus principais defensores G. Freed e H. Bentman[23]. Allen, Humbert, Càssola, Van Eck e Peter Smith adotam

19. J. Strauss-Clay, *Politics of Olimpus, Form and Meaning in the Major Homeric Hymns*, pp. 3-16.
20. R. Janko, *The Structure of the Homeric Hymn to Aphrodite: A Study in Genre*, pp. 18-19.
21. *Idem, ibidem.*
22. *Idem, ibidem.*
23. *Idem, ibidem.*

datação mais prudente: anterior ao século VI a.C. e posterior a Homero, sendo que, para Allen, o *HHA* seria de 700 a.C. aproximadamente; para Humbert, de *circa* 630 a.C.; para Van Eck e Smith, o hino seria do século VII a.C.

Quanto à questão de o *HHA* ter sido, ou não, inicialmente composto na forma oral, é pertinente afirmarmos que, embora tenha estrutura e recursos muito sofisticados, além de métrica esmerada, se comparado aos demais hinos, nada pode ser rigorosamente asseverado até o presente. A única afirmação segura é que ele é posterior aos poemas homéricos e anterior ao século V a.C.; tudo mais é conjectura. Van Eck[24] observa a influência que os *Eoiai* tiveram sobre a *pars epica* deste hino em particular. Esses poemas atribuídos a Hesíodo contavam histórias de amores de deuses e mulheres mortais e é por esse viés que Van Eck explica o longo discurso que a deusa faz no final do hino a propósito das consequências de sua aventura amorosa. O estudioso holandês chama nossa atenção, ainda, para o fato de o hino ter ligação com outros textos posteriores que relatavam a saga de Eneias e de seus descendentes. Há mesmo diversos estudos que pretendem que este hino tenha sido composto para honrar em primeiro lugar os Enéadas e, depois, Afrodite.

A referência ao episódio "biográfico" de Afrodite, narrado neste hino, aparece na *Teogonia* (v. 1008) de Hesíodo e em Homero (*Ilíada*, II, v. 820). Na Antiguidade, o relato mais completo deste mito se encontra nas *Genealogias* de Acusilau de Argos, da primeira metade do século V a.C. As relações e as coincidências entre o *HHA* e os poemas hesiódicos são inúmeras. Também com os poemas homéricos há outras tantas relações. Sobre estas, os comentários de Preziosi[25] são elucidativos. Sobre as aproximações com os versos hesiódicos, os estudos de Heitsch[26] são igualmente esclarecedores. As investigações de Van Eck

24. J. Van Eck, *The Homeric Hymn to Aphrodite*, p. 2.
25. P. G. Preziosi, *The Homeric Hymn to Aphrodite: An Oral Analysis*, pp. 171-204.
26. E. Heitsch, *Hymn to Aphrodite; Aeneas and Homer*.

jogam luz sobre todos estes acima citados. A este respeito, notemos ainda que há estudiosos[27] que afirmam que este hino é obra do mesmo autor da *Ilíada*, no episódio em que Eneias tem um enfrentamento com Aquiles (XX, vv. 75-352). Também tem sido afirmado que esse mesmo poeta teria a intenção de agradar a família real de uma cidade na Tróade, que descenderia do herói Eneias. Lembremos, ainda, que sobre este herói havia a predição de que ele iria sobreviver à Guerra de Troia (*Ilíada*, XX, vv. 300-308).

A hipótese de que ao menos um dos hinos seja atribuído ao próprio Homero é, sem dúvida, sedutora. Entretanto, é apenas mais uma hipótese que não se sustenta. Estudos recentes mostram que há sérias suspeições a respeito das conexões entre o *HHA* e a *Ilíada*, como nos mostram os comentários M. W. Edwards[28]. O poeta do *HHA* teria se valido diretamente da fonte homérica tanto no aspecto temático quanto no que concerne ao patrimônio formular, é o que sustentam Hoekstra[29] e Podbielski[30]. Ainda nesse ponto, é Farnell quem, no início do século passado, observa que, em se tratando de um hino, ele tem um tom secular e voluptuoso muito peculiar e até surpreendente.

É Gabriella Pironti[31] quem chama nossa atenção para a necessidade de se privilegiar a maneira grega de falar desta deusa; lembrando-nos que os gregos desse período atribuíram aos "trabalhos de Afrodite" (*Érga Aphrodites*) um sentido bem prático e concreto de pulsão sexual, necessária para a reprodução da espécie.

27. M. W. Edwards, *The Iliad: A Commentary*.
28. *Idem*.
29. A. Hoekstra, *The Sub-epic Stage of the Formulaic Tradition: Studies in the Homeric Hymns to Apollo, to Aphrodite and to Demeter*.
30. H. Podbielski, *La Structure de l'Hymne Homérique à Aphrodite à la Lumière de la Tradition Littéraire*.
31. Gabriella Pironti, *Entre Ciel et Guerre*.

Para encerrar este ensaio, afirmamos com Pirenne-Delforge[32], que este hino trata do "homem belo como um deus que se apaixona pela deusa que se faz passar por humana".

Após essas considerações introdutórias a respeito dos Hinos Gregos, dos Hinos Homéricos e do *Hino Homérico a Afrodite,* passemos à tradução, às suas notas e aos ensaios sobre este belíssimo poema, tido como o mais homérico, o mais antigo e o mais encantador dos Grandes Hinos.

32. V. Pirenne-Delforge, *L'Aphrodite Grecque*, p. 196.

II
HINO HOMÉRICO A AFRODITE: PARÁFRASE E COMENTÁRIOS

O *HINO*

Eurípides diz que a deusa "Afrodite é rica em nuanças"[1] e são algumas delas que veremos, aos poucos, neste *close reading*/paráfrase do Hino Homérico de número 5, na edição de A.H.S., que nos propomos a apresentar a seguir. Partindo da tradicional tripartição de Ausfeld[2] para os Hinos Homéricos, temos como proposta parafrasear e fazer comentários sobre o *HHA*, empregando a seguinte divisão: *Invocatio* (vv. 1-45), *Pars Epica* (vv. 46-290) e *Precatio* (vv. 291-293).

INVOCATIO (VV. 1-45)

Como nos dois poemas hesiódicos, a primeira palavra deste hino é Musa (*Mousa*). Ela é invocada pelo aedo para que faça o canto, pois, é bom lembrarmos que, no período arcaico, era atribuição dela o fazer poético. Imediatamente, o objeto do poema vem enunciado: não a própria deusa, mas os *Erga Aphrodítes*, isto é, os "trabalhos de Afrodite", que, presentificados pelo canto da Musa, são aquilo que a deusa patrocina, o que ela pode fazer, suas prerrogativas, sua influência, enfim, seu poder. Como a expressão "trabalhos de Ares" significa a guerra, assim

1. G. Pironti, *Entre Ciel et Guerre: Figures d'Aphrodite en Grèce Ancienne*, p. 11, n. 15.
2. *Apud* J. N. Bremmer, *Interpretations of Greek Mythology*, pp. 193-213.

também "trabalhos de Afrodite" pode significar tudo o que se relaciona com a atração física e o sexo.

Observemos que *érgon/érga* ocorre seis vezes nos 21 primeiros versos e, sempre que o termo aparece, é o sentido de amor físico que predomina. Também nos versos iniciais, surgem o nome da divindade e quatro de seus epítetos. Afrodite aparece aqui como filha de Zeus e Dione. Porém, como sabemos, em *Os Trabalhos e os Dias* e na *Teogonia,* Hesíodo narra o nascimento dela e indica a etimologia de seu nome. Nesses textos, ela surge da espuma do mar misturada ao esperma que Urano ejaculava de seu pênis recém-ceifado por seu filho Crono. Notemos que, em grego, *áphros* significa tanto *espuma* quanto *esperma*, e Hesíodo crê que o nome próprio e essa palavra estejam intimamente ligados. Observemos, entretanto, que hoje os estudiosos fazem uma afirmação quase consensual: o nome Afrodite não tem origem grega nem mediterrânea e essa deusa teria entrado no Panteão em um período pós-micênico. Martin West afirma que esse nome não tem raízes indo-europeias, e sim semíticas[3]. Enquanto isso, outros respeitados helenistas sustentam que o nome Afrodite seria proveniente de uma transformação de *Astart/ Astarte*, nome fenício da deusa cipriota[4]. Uma extensa discussão sobre esse ponto pode ser verificada ao longo dos séculos[5]. Quanto aos epítetos, multiáurea (*polychrýsou*, v. 1), Cípria (*Kýpridos*, v. 2), Bem-Coroada (*eüstéphanou*, v. 6), Citereia (*Kythereíes*, v. 6), notamos que dois deles se referem a locais originais desta divindade, ou seja, Chipre e Citera, indicando, ao mesmo tempo, os lugares onde ela é venerada, onde estão seus templos mais importantes e por onde ela teria passado ainda recém-nascida.

A explicação desses epítetos se encontra na *Teogonia* (vv. 191-200), quando Hesíodo narra que, logo que Afrodite surge das espumas, dirige-se à "circunfluída Chipre", antes tocando os pés na Ilha Citera. Tanto "multiáurea" quanto "Bem-Coroada" se referem a sua aparência bela,

3. M. L. West, *The Rise of Greek Epic*, p. 134.
4. *Idem, ibidem.*
5. G. Ragusa, *Fragmentos de uma Deusa: A Representação de Afrodite na Lírica de Safo*, pp. 145-191.

brilhante, dourada, pródiga e plena de majestade. Nesse mesmo trecho da *Teogonia*, ela é chamada de *philommedéa*, "amor do pênis", alusão ao membro viril do qual se originou. Aqui no *HHA* (v. 17), temos um epíteto cuja incidência é muito maior, trata-se de *philommeidea*, a "ama-sorriso", que, do ponto de vista da sonoridade, está próximo do epíteto hesiódico mencionado, porém, semanticamente, muito distante.

Os *érga*, como aqui aparecem, identificam-se com as *timái* (honras e atribuições), como observamos, mas a ação dessas *timái* é muito grande, atinge todos os homens e também as aves, as feras, os peixes e até os imortais. Porém, logo em seguida, um limite a este poder é apresentado (vv. 7-44) na figura das três deusas imunes às manipulações de Afrodite: Atena, Ártemis e Héstia.

Do verso 7 ao 35, o poeta mostra essa limitação ao extenso poder da deusa, que está apresentado nos seis primeiros versos do hino. Esse limite se deve ao fato de ela não conseguir persuadir, *pepithein* (v. 7), ou enganar, *apatésai* (v. 7), os corações das três deusas virgens do Panteão grego. Vamos, então, examinar as deusas que escapam imunes à influência de Afrodite. As três têm em comum, além da virgindade, seu nascimento incomum e suas relações com a morte.

Lembremos que Atena tem uma origem extraordinária. Zeus, que desposara *Métis*, a Astúcia, ao saber que ela iria parir um filho seu, temeroso de ser destronado por ele, resolve ludibriar a futura mãe e a engole ventre abaixo (*Teogonia*, vv. 886-891). Assim, o nascimento de Atena se dá pela cabeça de Zeus. Na iconografia antiga, segundo Van Eck, esta deusa aparece, ao nascer, com o elmo e com enorme escudo, que quase a cobre totalmente, em cuja parte central está a cabeça da Gorgona, signo de afastamento, de exclusão. Ela é a madrinha dos artesãos e seu poder chega até os mortais, na forma de ensinamentos (*edídaksen*, vv. 12 e 15) da construção de armas e de carros para os homens, enquanto, para as mulheres, na forma do ensinamento da tecelagem. Ela é associada às habilidades que podem ser ensinadas e ao controle do intelecto[6]. Observemos que sua forma de inteligência é quase que completamente oposta à perspicácia e às ciladas próprias de Afrodite.

Ártemis gosta do arco, das flechas e de matar feras; aprazem-lhe "ainda, as liras, as danças e os gritos agudos da caça". A palavra *ololugaí* (v. 19) refere-se aos sons produzidos por certos animais e também por grupos de mulheres para expressar alegria; talvez esse verbo pudesse ser traduzido por "ulular", em português[7]. Ártemis é filha de Leda e Zeus, o qual se transforma em cisne para seduzir a bela mortal; ela é a mais velha do par de gêmeos parido por Leda, que põe dois ovos, e é ela quem ajuda sua mãe a parir Apolo, seu irmão. Ártemis patrocina a caça e divide com seu irmão o gosto pela lira, pela dança e pelo arco; no verso 20, vemos que lhe agrada também a "cidade dos homens justos" (*dikaíõn ándrõn*). Segundo P. Smith[8], ela apadrinha ainda os valores comuns à aristocracia e são eles os encarregados da distribuição da Justiça, nessa época. A terceira deusa a não se submeter aos poderes de Afrodite é Héstia, cujo nascimento (ou renascimento) é mencionado neste hino nos versos 22 e 24, quando se canta que ela foi a primeira a nascer e, ao mesmo tempo, é a mais jovem filha de Crono.

Esse relato, sem dúvida, faz alusão à *Teogonia* (vv. 159-196), à passagem em que Crono engole seus filhos por temer ser destronado por um deles, conforme a profecia. Ora, a última a ser engolida é a primeira a ser posta para fora. Por essa razão, é dito que Héstia é a mais velha e também a mais jovem. Curiosamente, diversos estudiosos, se não a maioria deles, destacam o fato de o episódio da recusa de Héstia a seus dois importantes pretendentes – Possidão e Apolo – ser registrado apenas no verso 24 deste hino, não havendo qualquer outro texto conhecido que o mencione. Em lugar das núpcias, Zeus dá a esta virgem um grande privilégio, que consiste em conseguir ser sempre respeitadíssima, sentando no centro das casas e dos templos, junto ao fogo sempre

6. M. Detienne e J.-P. Vernant, *Métis: As Astúcias da Inteligência*, pp. 247-288.
7. *Idem, ibidem*.
8. P. M. Smith, *Harvard Studies in Classical*, pp. 29-50.

aceso, onde recebe a melhor parte dos sacrifícios. Supõe-se que sua virgindade seja necessária para rituais de purificação nos lares dos mortais e nos lares dos imortais, além de caber a ela o papel de mediadora entre os deuses olímpicos.

Essas três deusas estão relacionadas, de uma forma ou de outra, com o ato de tirar a vida. Matar animais para sacrifícios está na área de competência de Héstia, assim como matá-los na caça compete a Ártemis; matar homens na guerra é da competência de Atena. Dessa forma, podemos afirmar que elas se opõem a Afrodite não apenas por serem virgens, mas também por patrocinarem certos tipos de matança. Esta parte da experiência que as três deusas representam não é assunto de Afrodite, muito ao contrário. Elas estão ligadas às habilidades que podem ser aprendidas, à domesticidade ordenada, aos rituais sociais organizados e ao ato de matar na guerra, na caça e no sacrifício. Por outro lado, lembremos que Afrodite patrocina a criação instintiva e natural para homens e animais. Atena, Ártemis e Héstia têm seu poder expressado no ato de ensinar, na proteção, no patrocínio e na mediação de nossos sacrifícios para os deuses. Elas são emblemáticas no que se refere aos valores da sociedade aristocrática e à sua governança, no que tange ao artesanato e à veneração aos deuses pela cidade e pela família. Em comum, elas ainda têm a estranheza de seu nascimento, ligado, em todos os casos, mais aos pais do que às mães: Atena vem ao mundo a partir da cabeça do pai, Zeus; Ártemis nasce a partir de um ovo, pois seu pai aparece transformado em um Cisne; já Héstia é trazida à luz por meio do vômito de seu pai Crono.

Os versos 33 a 44 colocam um arremate na *Invocatio* e introduzem o argumento a ser desenvolvido na *Pars Epica*. Na primeira, o que fica evidenciado é que, à exceção das três deusas virgens, nenhum ser vivo escapa ao poder de Afrodite, nem mesmo o Pai dos deuses e dos homens. Ela consegue iludi-lo e fazê-lo esquecer-se de sua esposa, inexcedível em qualidades e honradíssima entre os deuses, e, assim, se unir a mulheres mortais. Dessa forma, fica evidente que o poder desta deusa é excessivo.

Cioso da necessidade de manter os limites dos poderes de todos os deuses, Zeus, então, pune a audácia de Afrodite, fazendo-a provar de seu próprio veneno, cair nas próprias armadilhas. Uma espécie de "Lei de Talião" é aplicada a esta deusa[9]. E ela, que, até então, domava todas as criaturas vivas, os deuses e os homens, passa a ser dominada pelo desejo por um belo mortal, sem saber que se tratava de uma artimanha de Zeus. Tomada pelo doce desejo e para conseguir o que quer, ela recorre, como veremos, a dois recursos implacáveis: a beleza física e a persuasão pelo *logos*.

PARS EPICA (VV. 46-290)

A parte central do hino relata a vingança de Zeus contra Afrodite, porque ela não apenas induz os deuses a se unirem a mortais, como deles zomba logo que seu intento é conseguido. Para isso, ele se utiliza das mesmas armas empregadas por ela, "e, quando junto dos deuses, não mais pudesse ela, a ama-sorriso Afrodite, com atrevido sorriso, gabar-se/ de induzir à união deuses e mulheres mortais" (vv. 48-50).

A *Pars Epica* deste hino é um modelo do "bem narrar", os recursos aí utilizados são extremamente eficientes para manter aceso o interesse da audiência durante todo o tempo em que se desenvolve a intriga. O modo como se sucedem as informações e os fatos consegue conduzir o ouvinte (ou o leitor) e enredá-lo nesta história aparentemente excêntrica, no contexto dos Hinos Homéricos.

Pelo destaque dado à subida ao leito dos dois protagonistas, isto é, a ação de Zeus, o maravilhamento de Afrodite ao contemplar Anquises, a preparação da deusa em Chipre, o encontro e os cinco discursos pronunciados, podemos inferir que esta é a parte mais importante dos *Érga Aphrodítes* neste hino. Mas não apenas nele, pois se percebe igualmente a relevância do que poderíamos chamar de "preliminares" no notável episódio da *Ilíada* (XIV, vv. 159-353) em que Hera se socorre dos favores

9. M. V. Ruffy, *La Fabrique du Divin*, p. 79.

de Afrodite para seduzir Zeus e distraí-lo, quando o tempo da narrativa "antes" do encontro é bem mais longo e detalhado do que o tempo em que se dá a união dos dois esposos.

Alguns outros exemplos poderiam ser elencados. No HHA, são 110 versos (vv. 44-154) dedicados aos fatos que antecedem o encontro erótico, enquanto que são apenas 21 versos para o relato do enlace em si. Para narrar as consequências dessa união, são destinados 90 versos. Muito podemos conjecturar a partir da importância dada ao papel desempenhado por essas partes que antecedem ao ato, que nada mais são do que o papel desempenhado pela sedução nos jogos amorosos de Afrodite. Porém, no caso deste hino, é o poder da deusa que está sendo enfatizado, a extensão do mesmo e o modo como ele acontece; há aí, podemos afirmar, uma identificação entre o modo como se apresenta seu poder e a sedução.

Do ponto de vista da verossimilhança, um recurso narrativo de grande eficácia é a sequência de discursos que apreciamos no diálogo entre a deusa e o mortal Anquises. São estrategicamente convincentes os detalhes que observamos nas falas de Afrodite e que denotam seu *modus operandi*; o mesmo se aplica às falas de Anquises, como veremos. O primeiro a tomar a palavra é o troiano (vv. 91-106), em seguida é ela quem se ocupa em tranquilizá-lo (vv. 108-142) e Anquises volta a participar do diálogo (vv. 145-154), pronunciando o último discurso antes do enlace. Esses três discursos fazem parte de uma espécie de jogo em que a Persuasão (*Peithó*) tem o papel mais importante no âmbito daquilo que é dito com a finalidade de seduzir. Adiciona-se ao diálogo, o minucioso episódio da preparação de Afrodite, sua *toilette*, que antecede seu calculado entusiasmo para seduzir o belo troiano. Verificamos, neste ponto, que o encontro dos dois se dá dentro de um código de comportamento próprio do hóspede e do hospedeiro.

Essas cenas de acolhimento e boas-vindas são comuns na literatura grega desde Homero. Basta nos lembrarmos, por exemplo, das viagens de Odisseu ou de Telêmaco. Aqui, poderíamos evocar o curioso encontro de Odisseu e Nausícaa no Canto VI da *Odisseia*: ela, com as servas igualmente jovens, cuidando da lavagem da roupa no rio, e ele, nu, cansado, maltratado pela dura viagem que o fez aportar na Feácia. As moças todas fogem quando o veem, menos a jovem princesa, que, sem qualquer temor, acolhe o estrangeiro; este imediatamente lhe pergunta se ela é mortal ou divina, se é, porventura, Ártemis, e faz outras indagações muito semelhantes às que Anquises dirige a Afrodite no evento em questão.

Outro episódio que ilustra a importância dos deveres tradicionais de hospitalidade é exatamente aquele que registra sua falta. No Canto IX da *Odisseia*, o Ciclope Polifemo diz a Odisseu que seu presente de hospitalidade consistirá no fato de que Odisseu será o último a ser devorado. Aqui a ausência de hospitalidade está relacionada à ausência de humanidade. Na Ilha dos Ciclopes, prevalecem a selvageria, a brutalidade e a força, sem lugar, obviamente, para a civilidade.

Primeiro Discurso de Anquises

Voltemos ao nosso hino! No primeiro discurso de Anquises, vemos que ele se dirige a ela utilizando a forma de uma prece: inicia, enumerando uma lista de nomes e títulos, pretendendo assegurar-se de que o nome correto aí esteja. O troiano enuncia apenas sete nomes de possíveis divindades que seriam passíveis de se identificar com a visitante; fica clara sua abordagem tão lisonjeira quanto prudente. Essa forma de se aproximar deixa evidente à audiência o fato de estarmos diante de um encontro entre desiguais: um mortal e uma imortal. E Anquises faz tudo polida e corretamente, pois é melhor tratá-la como deusa do que cometer o erro de tratá-la como simples mortal. Com essa escolha, ele demonstra discernimento, intuição e inteligência, embora, podemos perceber, houvesse nele um recôndito desejo de que ela fosse mortal e, portanto, desfrutável, sem que incorresse nas deletérias consequências das uniões mistas.

Na fala de Anquises, há uma permanente preocupação em respeitar o código, mas também se percebe uma atitude atenta e sincera. Faz parte desse tipo de abordagem hospitaleira – no primeiro encontro – que aquele que faz a saudação prometa construir templos, além de oferecer sacrifícios à divindade. A isso se acrescenta, como observa Peter Smith, um terceiro elemento comum a essas preces: a solicitação de benefícios[10]. No caso presente, ele pede vida longa e ilustre descendência. O que faz o príncipe troiano perceber que está diante de uma divindade? Sua beleza esplendorosamente acolitada por inúmeros adereços. Vejamos como isso acontece.

Afrodite, logo que é tomada pelo doce desejo por Anquises, vai a seu templo em Pafos, na ilha de Chipre, para realizar uma preparação cuidadosa para a sedução de seu objeto de desejo. Ela quer ser desejada por ele com o mesmo ímpeto que a move. Assim, vemos que o enlevamento dela é fruto de um artifício do Cronida e que o troiano é visto por ela através de um filtro intensificador de seu próprio desejo. Dessa maneira, ela é posicionada frente a um jogo de artifícios que a coloca, ao mesmo tempo, nos papéis de agente e de paciente. Esta cena é narrada em dezoito versos e aí também é contado que, à sua estimulante passagem, os animais reagem indo acasalar-se. Assistida pelas Graças e pelas Horas (as Estações), ela faz uma esmerada *toilette*, na qual percebemos uma reincidente ênfase na exaltação dos cinco sentidos. Para ilustrar:

> Foi a Chipre e em seu *perfumado* templo entrou,
> em Pafos, onde tem domínios e *oloroso* altar.
> Chegada, fechou as *resplandecentes* portas
> e as Graças a *banharam* e a *ungiram* com óleo
> imortal, com que se *cobrem* os sempiternos,
> e ambrosia *fragrante* só para ela preparada.
> Toda vestida com belas e *luminosas* vestes,
> adornada em *ouro*, a ama-sorriso Afrodite (vv. 58-65, grifos nossos).

Ou ainda: "caminhava, a cítara tangendo em *límpidos sons*" (v. 80, grifo nosso).

10. P. M. Smith, *Harvard Studies in Classical Philology*, pp. 40-58.

A cena da preparação de Afrodite para seu encontro tem enorme semelhança com o episódio já mencionado da preparação de Hera para seduzir seu esposo, Zeus, distraindo-o de suas preocupações e cuidados com uma disputa na Guerra, no Canto XIV da *Ilíada*. Um rico universo de mentiras, artimanhas e sedução pela beleza física é evocado. As duas cenas de preparação, de Afrodite e de Hera, mostram claramente um tipo de comportamento feminino nessa cultura, que consiste em impressionar pela aparência (*eídos*), isto é, seduzir pela beleza do corpo, impressionando a visão daquele que deve ser seduzido. Segundo Peter Smith[11], não há nenhum registro na épica grega de um personagem feminino que apresente uma conduta abertamente sedutora quando quer conquistar alguém. Há sempre a intervenção de engenhos como os que se usam na caça ou na guerra.

Afrodite, ao se apresentar perfumada, com o frescor do banho e generosamente enfeitada com joias, flores e belas vestes, faz com que Anquises seja imediatamente sequestrado pela visão de tal magnificência. Afora todos esses recursos, esconder a verdadeira intenção é fundamental no processo. É ainda Smith quem observa que o ato de anunciar manifestamente o desejo feminino só aparece nos mitos que se referem ao tema genérico conhecido como o "tema da mulher de Potifar", do qual um exemplo seria a trágica figura de Fedra.

Primeiro Discurso de Afrodite

Logo no início de seu livro sobre a arte da persuasão, George Kennedy realça: "Sempre que a Persuasão é o objetivo, a Retórica está presente"[12], e isso podemos verificar perfeitamente nos discursos da nossa protagonista.

No primeiro encontro da deusa com o belo troiano, Strauss-Clay[13] nos faz notar que Anquises está em posição de submissão a escrúpulos

11. *Idem*, p. 41.
12. G. Kennedy, *The Art of Persuasion in Greece*, p. 7.
13. J. Strauss-Clay, *Politics of Olimpus, Form and Meaning in the Major Homeric Hymns*, p. 171.

e constrangimentos de ordem social e religiosa. A pronta resposta de Afrodite se inicia no verso 108 e se estende até o verso 142; neste ponto, convém lembrarmos que, como aponta Jean-Pierre Vernant[14], a esposa de Hefesto é, antes de mais nada, "uma potência de astúcia e engano", como esta sua primeira fala nos deixa ver. Fica evidente nessa manifestação que sua intenção é remover as inibições e os constrangimentos de Anquises que podem dificultar a realização de seu desejo. Assim, ela se preocupa em esclarecer de imediato que ele está equivocado e que ela nada mais é do que uma mortal, dando-lhe informações sobre sua origem totalmente humana, chegando ao detalhe de explicar por que é bilíngue[15], logo após falar de seu pai Otreu, o rei Frígio, e de sua mãe, uma simples mortal. Narra, então, a circunstância em que Hermes a raptou e o que ele lhe revelou a respeito de sua predestinada união com Anquises.

O "tom" da resposta de Afrodite contrasta bastante com aquele adotado por Anquises, é mais direto, arguto e persuasivo. Como afirma Peter Smith[16], o uso do recurso da mentira e do disfarce é frequente nas falas dos deuses quando se dirigem aos homens e mesmo entre si, sendo que esse expediente em nada ofende o senso de honestidade dos gregos; simplesmente faz parte da compreensão que eles tinham de seus deuses: "Odisseu mente, Apolo se equivoca, Sócrates simula ignorância, assim como Zeus ignora as intenções de Hera", como bem formula Peter Smith[17]. Essas condutas são consideradas legítimas, posto que necessárias para conseguir seus intentos.

Neste trecho do hino, vemos a deusa utilizando-se não apenas de falsas histórias muito bem elaboradas, mas também de histórias que sustentam de forma convincente seu disfarce de jovem mortal, virgem, vinda de um palácio na Frígia. Considerando ser ela uma deusa, é o único temor que controla o impulso erótico de Anquises, e a ela cabe

14. M. Detienne e J.-P Vernant, *Métis: As Astúcias da Inteligência*, p. 253
15. M. L. West, *The Rise of Greek Epic*, pp. 151-172.
16. P. M. Smith, *Harvard Studies in Classical Philology*, p. 118.
17. *Idem*, p. 40.

remover esse obstáculo. Ao doce desejo enviado por Zeus, ela responde com desenvoltura, construindo um relato, no qual aparece com uma falsa identidade, convincentemente forjada. Ela inicia seu discurso com uma fórmula vocativa ao mesmo tempo formal e direta – "Anquises, ilustríssimo entre terrenos homens" –, modo de interpelação apropriado tanto para uma "virgem mortal" quanto para uma deusa. Esse tipo de ambiguidade vai ressurgir em diferentes pontos desse discurso. Assim, tratando-se de uma mortal, tal interpelação é extremamente lisonjeira; entretanto, se vem da boca de uma deusa, serve como lembrete a Anquises de sua natureza mortal e inferior.

No verso 109, ela nega enfaticamente (*ou tís toi theós eimí*) as identidades divinas que lhe foram presumidas por seu interlocutor. Isso é imediatamente reiterado no verso seguinte: "Sou eu mortal e a mãe que me gerou é mulher". Desse modo, as duas negações de sua verdadeira natureza introduzem seu plano. Essas negações também enfatizam a distância entre mortais e imortais, um dos temas deste hino. Para adicionar veracidade ao seu relato, ela começa a fornecer detalhes capciosos e, também, explicações perfeitamente plausíveis. É uma das formas da Astúcia (*Métis*) que vai se colocando entre uma articulação e outra. Ao enunciar o nome de Otreu, a deusa traz à narrativa mais uma contribuição no que se refere à consistência da história, pois há uma tradição já conhecida na Épica que mostra a aliança entre frígios e troianos, como podemos ver no Canto II da *Ilíada* (vv. 862-865), em que essa coligação é mencionada. Assim, não parece nada estranho que uma princesa frígia, filha do rei Otreu, seja destinada a um príncipe troiano.

Notemos nesse trecho mais uma artimanha de Afrodite. Fazendo um relato falso, porém, usando nomes "verdadeiros", ela adiciona mais verossimilhança ao que está dizendo. Apolodoro, em sua *Biblioteca,* III, fala de Otreu como o avô materno de Príamo, ligado, portanto, à casa real troiana à qual Anquises também é aparentado. Lembremos que pertencem a este mesmo clã outros dois personagens citados no HHA: Ganimedes e Titonos. Não é insignificante o fato de nos depararmos, em seguida, com a mais antiga referência na cultura grega ao bilinguismo, como nos adverte West[18]; no trecho compreendido entre os versos 113 e 116, essa questão se apresenta:

> A língua vossa e a nossa conheço bem:
> no palácio uma troiana nutriz me alimentou desde
> tenra infância e me criou da mãe me recebendo,
> assim é, pois, que a vossa língua bem aprendi.

Se Afrodite tivesse surgido como a deusa que é, essa justificativa não seria necessária. Esse é um esclarecimento para o fato de uma forasteira saber outra língua além da própria. Na edição de Càssola, encontramos uma observação curiosa: a palavra *Glõssa*, que normalmente se traduz por "língua", pode também significar "dialeto", o que nos leva a compreender que a jovem conheceria o dialeto de Anquises[19]. Este é um tema importante e que, compreensivelmente, se encontra em muitas culturas antigas; o exemplo mais conhecido é o que aparece no *Livro do Gênesis*, no qual se explica a origem de todas as línguas por meio do relato sobre a "Torre de Babel". De qualquer modo, a motivação do poeta ao dar esse esclarecimento pode ser compreendida pelo fato de a plateia saber o tempo todo que se trata de uma deusa, mas igualmente querer entender como Anquises se convence de que ela é apenas uma mortal. Ora, o poeta pretende, com esses detalhes, dissipar as incertezas do troiano e convencer a plateia disso. É interessante que o excesso de detalhes e a profusão de nomes ditos por ela acabam por provocar esse efeito sobre os ouvintes/leitores: aqui nos damos conta de que ela nunca cita um nome inexistente ou falso para os personagens que são mencionados. Isso é um fator adicional para que Anquises não perceba a verdadeira identidade da deusa. Nada mais eficiente para afastar a atenção dele de suas suspeitas do que essa fartura de pormenores circunstanciais, aparentemente desnecessários e inconsequentes.

18. M. L. West, *Hymns, Homeric Apocryfa, Lives of Homer*, p. 169, n. 46.
19. F. Càssola, *Inni Omerici*, p. 549.

Outro engenhoso recurso é utilizado: ela conta como foi arrebatada por Hermes enquanto dançava com outras moças frígias. A dança, que acontece à vista pública, é feita para honrar uma deusa virgem, Ártemis, pelas jovens "merecedoras de bois" (*alphesíboiai*), isto é, elas são qualificadas como merecedoras de bons dotes a serem oferecidos por seus pretendentes. Neste trecho, percebemos ainda uma vez a *Métis* de Afrodite agindo, pois, além de enfatizar sua condição de jovem inexperiente no sexo, ela introduz a figura de Hermes, que lhe teria avisado sobre seu casamento com o jovem príncipe. A isso podemos acrescentar a menção à ama troiana... Lembremos, ainda, que Hermes é um deus que aparece inúmeras vezes ligado a Afrodite. Vale conferir a passagem de *Os Mestres da Verdade na Grécia Arcaica*, quando Detienne[20], discorrendo a respeito da ambiguidade em *Peithó*, a relaciona a esses dois deuses, sendo que a ela se atribui o lado luminoso da Astúcia, suave e sedutora, enquanto que a ele, seu lado noturno, a *Peithó* violenta e plena de duplicidade.

Difícil é não mencionarmos o episódio do Canto VIII da *Odisseia* sobre os amores de Ares e Afrodite, cantados por Demódoco na corte dos Feáceos. Nesse relato, verificamos outra faceta dessa ligação entre o Argifonte e a Cípria. Quando Hefesto chama todos os olímpios para escarnecerem dos dois amantes presos na armadilha por ele forjada, Hermes afirma a Apolo que, mesmo se passasse pelo ridículo de semelhante cena e fosse motivo do riso dos outros deuses, ele não se importaria, desde que pudesse se unir a Afrodite. Essa passagem lembra o que Anquises vai dizer quando fica sabendo que a bela jovem não é uma deusa: nada irá detê-lo, nem que para isso seja em seguida enviado ao Hades.

A deusa menciona as razões de seu rapto, explicando que está destinada ao leito do jovem troiano. Em seguida, ela, astuciosamente, retarda o momento da cópula, aumentando o grau de inquietação e o desejo de Anquises, dando inúmeras informações sobre todo o ritual que antecede o casamento, com detalhes que agregam ainda mais veros-

20. M. Detienne, *Mestres da Verdade na Grécia Arcaica*, p. 66.

similhança ao seu discurso, que se encerra com os versos: "Tendo isso feito, celebre as desejadas núpcias/ honradas tanto por homens quanto por deuses imortais" (vv. 141-142).

Logo após ter "sugerido" a união, Afrodite lhe envia *glykýn hímeron*, o que, obviamente, deixa mais urgente o já grande interesse de Anquises. Além do "doce desejo", é seu *eídos* que o mobiliza nessa intensa atração, privando-o de nitidez em sua percepção diante da beleza extraordinária da deusa. Assim, ele é persuadido de que ela é quem, na verdade, não é.

Anquises Responde

Do verso 145 ao 154, temos o segundo discurso de Anquises. Até esse trecho, observamos que há mais recuos do que avanços na aproximação dos dois; até aqui, ele vem reagindo com maior ou menor competência contra o poder de sedução da deusa. A resposta de Anquises sugere que ele não acredita completamente no que lhe foi dito, mas reage como se estivesse totalmente convencido e seu desejo o impele à almejada união. Vejamos o que ele afirma nos versos finais de sua fala:

> E mesmo se o próprio Arqueiro Apolo
> lançasse do argênteo arco funestas flechas,
> eu aceitaria – ó mulher semelhante às deusas – descer
> à morada de Hades, depois de subir ao teu leito (vv. 151-154).

O discurso do troiano é constituído de uma sequência de afirmações feitas no discurso da deusa, porém, elas, aqui, são precedidas da conjunção *ei* (se), que as torna condicionais. De qualquer modo, elas passam a ser condição suficiente para que ele se autorize à união amorosa com a bela filha de Otreu. Essa sequência recapitula os pontos principais da narrativa anterior, tendo, igualmente, como características dominantes, a clareza e a assertividade. Observamos, ainda, que, nos quatro primeiros versos, a conjunção *ei* atribui às afirmações não apenas a característica condicional, mas também revela que a suspeição está presente na mente de Anquises. Podemos afirmar que há uma certa conveniência do discurso de Afrodite para que ele se deixe enganar. E mais, nenhum mortal que descobrisse que se deitara com uma deusa afirmaria ter consciência disso antes de o enlace acontecer. Quando se acaba de relatar o episódio da união, vemos o seguinte: "com imortal ele, mortal, se deitou, *sem bem o saber*" (v. 167, grifo nosso).

Nesse trecho, o carácter impulsivo se impõe sobre o bom senso mostrado no primeiro discurso; ele prefere "descer ao Hades", se necessário, pois, mais do que tudo, quer se unir à deusa. A incerteza a respeito da identidade dela não se dissipou completamente, já que ele aventa a possibilidade de punição. O verso 154 ecoa em nós considerações relevantes, como no enfrentamento das duas naturezas, a divina e a humana, e as consequências possíveis para quem ultrapassa seus próprios limites.

O Enlace

O que surpreende neste segmento do poema é o pequeno número de versos. Até este ponto, tudo é dito e preparado para que se consume o ato amoroso; entretanto, em termos da narrativa, o enlace se resume a treze versos. Menor do que a primeira fala de Anquises, que se realiza em quinze versos; um pouco maior do que a descrição sobre a primeira aparição da deusa diante do troiano (vv. 80-90). Não me parece descabido deduzirmos que, para o poeta, a união dos protagonistas não é colocada como o objeto central do hino.

Em um primeiro momento, Anquises conduz Afrodite pela mão e ela, baixando os olhos, se dirige ao leito com ele. Pelos gestos descritos, percebemos a relação que se estabelece entre os dois: ele, impulsivo, conduz e ela, calma e dócil, se deixa conduzir. O leito é bem guarnecido com cobertas e com peles de animais por ele abatidos nas altas montanhas; quatro versos são empregados para esse relato. Aí aprendemos que Anquises é um caçador e tem poder sobre a vida dos animais que caça. Curiosamente, esses animais são também citados nos versos 69 a 74, quando, à passagem da deusa, vão aos pares se acasalar nas grutas. Onde ela inspira a união e a procriação, ele provoca a morte. Fränkel destaca um detalhe interessante: Anquises não é apenas um pastor quando é visto por ela: ele toca uma lira e não uma flauta[21]. O primeiro instrumento é próprio do herói épico, enquanto que a flauta é própria do pastor. Acrescentamos que, além de ser um caçador, seu leito é próprio de um nobre. Assim apresentado, Anquises nos parece perfeitamente adequado para dividir o leito com a deusa, embora ele esteja tão vulnerável ao desejo erótico quanto as feras impelidas ao acasalamento, à passagem de Afrodite. Embora seja ela quem induz os acontecimentos, é ele quem opera no momento da união. Ele é quem a despe de todos os adornos que lhe foram colocados em Pafos, quando da sua esmerada *toilette*.

A Epifania de Afrodite

A transição para a cena da "teofania" é abrupta. Os pastores que estão de volta são os mesmos mencionados anteriormente nos versos 76 a 79. Observemos que o poeta usa o presente do indicativo (*apoklínousi*) para mostrar que o tempo é genericamente apresentado para o regresso dos pastores, apontando uma diferença em relação à rápida mudança que logo ocorrerá na narrativa[22]. Fica, assim, insinuado – com naturalidade – que, ao final da jornada do trabalho nos pastos, também se encerra a cópula de Afrodite e Anquises. Por um pequeno lapso de tempo, em dois versos (vv. 168-169), o poeta os coloca fora da narrativa explícita. O ato sexual, entretanto, não é minimamente referido; ele acontece como uma consequência automática de todo o encaminhamento anterior.

Podemos constatar a habilidade com que o poeta usa uma conhecida convenção da narrativa épica que diz que os eventos devem acontecer uns após os outros e não simultaneamente. Dessa forma, a narrativa do retorno dos pastores tem como função fornecer o tempo necessário para que os dois realizem a união erótica. No verso 170, te-

21. H. F. Fränkel, *Early Greek Poetry and Philosophy*, p. 187.
22. P. M. Smith, *Harvard Studies in Classical Philology*, p. 61.

mos nossa atenção voltada para os amantes, que, desse modo, contam com um intervalo cronológico entre o subir ao leito e o momento em que ela lhe derrama o sono sobre as pálpebras. Nesse ínterim, ela põe suas vestes novamente e retoma sua verdadeira identidade. A natureza retomada supõe a mudança em sua estatura e o aumento de sua beleza fulgurante. São frequentes as teofanias na Épica e se dão em um quadro em que a divindade retoma suas características habituais: a presença cheia de luz e sua estatura aumentada, além do perfume que se espalha no ar e do terror de que é tomado o mortal que a isso assiste. Lembramos aqui da epifania de Deméter relatada no *Hino Homérico a Deméter* (vv. 210-218).

Resgatado seu poder, Afrodite desperta Anquises, ordena a ele que se levante (vv. 176-179) e, então, faz um breve discurso perpassado de ironia. Nesse momento, o poder passa para o outro lado: antes com Anquises, agora com Afrodite. Uma das explicações da teofania é possibilitar maior eficácia da ordem que é dada ao mortal. Além disso, observemos que essas autorrevelações acontecem, na maior parte das vezes, no momento em que o mortal está despertando. No presente caso, a ordem dada pela divindade aparece como uma pergunta retórica. O que ela vai ordenar com mais contundência se percebe apenas na sequência que se inicia no verso 281, quando Afrodite o obriga a nunca dizer que ela é a mãe do filho concebido nesse enlace. Como veremos, é com este hino que se estabelece o fim dos casamentos mistos.

Uma imagem bem viva do medo que Anquises sente diante da teofania é claramente mostrada no detalhe descritivo na sequência dos versos: "Quando de Afrodite viu o colo e os belos olhos,/ terror sentiu e o olhar volveu a lugar nenhum/ e de novo as belas faces com a coberta cobriu" (vv. 181-183).

A partir desse ponto, fica evidente quem detém a superioridade e o poder. De um jovem apaixonado e cheio de ousadia, o que vemos é um suplicante aterrorizado; e, de uma virgem dócil, o que nos é mostrado agora é uma deusa cheia de poder. Jenny Strauss-Clay observa que Afrodite já havia antecipado no verso 83 que, quando ele a percebesse nos olhos, seria tomado por grande medo; por essa razão, ela se apresenta disfarçada em jovem mortal[23]. Percebemos também que Anquises já suspeitava da verdadeira natureza dela desde o primeiro momento, o que, aliás, ele reitera nestes versos: "Ó deusa, súbito, quando primeiro nos olhos te percebi,/ reconheci seres divina, mas veraz não foi tua palavra" (vv. 185-186).

O terror que domina o príncipe troiano é causado pelo medo de perder seu vigor viril, deixando de ser um homem em que a vida floresce (*biothálmios anér*) como consequência imediata do próprio ato sexual com uma deusa. Ele teme que essa união o deixe permanentemente impossibilitado, em um estado semelhante à lassidão pós-coito, como aponta Strauss-Clay[24]. Convém ponderarmos que nos desejos expressos por Anquises (vv. 103-106), que se repetem nesse trecho, não encontramos a expressão *thaleròn gónon* (v. 104), que traduzimos por "florescente estirpe".

Anquises foi iludido por Afrodite, mas ele não incorre em *hýbris*; entretanto, ultrapassa os limites que sua natureza humana lhe impõe, pois participou, ainda que brevemente, da natureza divina. Ora, neste "momento cosmogônico", quando se estabelecem as áreas e as atribuições dos deuses e dos mortais, é que se espera encontrar uma fronteira nítida entre uns e outros. É assim que esta fica marcada como a última união mista, pois fica claro que se deve respeitar e temer a ira de Zeus, que se opõe a essas uniões e que deseja limitar o número de semideuses que delas resultam.

O Último Discurso de Afrodite

Apesar de sabermos que o poema poderia ter sido encerrado nesse ponto, não nos surpreendemos com a longa explanação que aí se inicia, pois o foco, daqui em diante, estará voltado para a oposição mortalidade/imortalidade. Assim, Afrodite fala sobre as ações de Anquises de forma

23. J. Strauss-Clay, *Politics of Olimpus, Form and Meaning in the Major Homeric Hymns*, p. 181.
24. *Idem*, p. 182.

clara e direta no início e no final de seu discurso, embora sua fala como um todo se refira sempre ao príncipe troiano. Nos versos 192 a 195, observamos que ela tenta acalmar o temor dele e, no final (vv. 281-290), ela lhe faz uma advertência no sentido de nunca revelar que com ela tenha se deitado. Para aliviar as aflições do dardanida, a deusa lhe assegura prontamente que ele não será punido por ela nem pelos outros deuses e, nesse momento, ela lhe anuncia que carrega no ventre o filho de ambos. Assim, o discurso que se segue está aqui preparado pelas palavras de conforto e por uma promessa. Percebemos que esse discurso possui uma organização retórica; não no sentido da Retórica dos séculos V e IV a.C., mas no sentido da cuidadosa apresentação da sequência de assuntos, a qual antecipa, de algum modo, alguns princípios formais da Retórica clássica. Desse modo, a atitude benevolente (*eúnoia*) e a atenção (*prosokhé*) são recursos retóricos presentes no discurso que visa à persuasão. Smith[25] destaca o texto da *Retórica* de Aristóteles (III, 1415a a 1415b) que, sem dúvida, faz eco a esse discurso do HHA.

A deusa lhe promete um filho ilustre que inaugurará uma extensa linhagem:

> Terás teu filho, que entre troianos reinará
> e filhos de filhos irão nascer sem cessar;
> seu nome Eneias será, porque terrível aflição
> já me possui por ter ao leito de um mortal subido (vv. 196-199).

Esses versos confirmam o que chamamos de "momento cosmogônico", isto é, um tempo em que a ordenação do universo está quase totalmente definida, a concessão da imortalidade a um humano não mais deve acontecer e à divindade aí envolvida uma punição será aplicada. Para que essas uniões mistas cessem, Zeus resolve submeter Afrodite a seus próprios instrumentos de sedução, com os quais, até então, ela subjugava os outros deuses. Este fato consumado é o pivô em torno do qual

25. P. M. Smith, *Harvard Studies in Classical Philology*, p. 126.

giram e são substituídos por uma nova ordem os antigos costumes que desrespeitam as fronteiras entre mortais e imortais.

A terrível aflição (*ainòn ákos*) que a deusa diz sentir é devida à censura que possivelmente virá de seus pares e é desse sentimento que vem o nome do filho que irá nascer, Eneias. Esta associação de *Aineias* e *ákhos* nos lembra outros jogos de palavras comuns nos textos épicos e também na tragédia. Crudden, ao exemplificar os jogos de palavras, lembra-nos que o gosto pelas etimologias é bastante comum entre os autores gregos da Antiguidade[26].

Ao garantir-lhe um filho e ao dizer seu nome, Afrodite está tentando tranquilizar Anquises. Ato contínuo, ela apresenta a ele as histórias de dois seres da mesma raça troiana que, por sua beleza, foram a causa de uniões similares, casos em que a intimidade entre mortalidade e imortalidade também provocou aflição e dor. Tanto Ganimedes quanto Titonos, pela beleza, são semelhantes aos deuses (*ankhítheoi*). As relações de parentesco entre esses três troianos não aparecem no HHA, entretanto, é muito plausível aceitarmos suas genealogias, como encontramos na *Ilíada* (XX, vv. 307 e ss.). Resumidamente, eis o que temos: Erictônio, nascido de Dárdano, que, por sua vez, é filho de Zeus. De Erictônio nasce Troio, pai de Ilos, Ganimedes e Assáracos; Titono é neto de Ilos e são seus irmãos Príamo, Lampos, Clítios e Hiquetáon. Do ramo de Assáracos, temos seu filho Cápis, cujo filho é Anquises e seu neto, Eneias. Por essa fonte, sabemos que Ganimedes é tio de Titonos e do ilustre Príamo.

Zeus apaixona-se pelo belíssimo Ganimedes e o rapta para tê-lo perto de si e entre os olímpios para servir-lhes vinho. Logo, Afrodite conta que Troios, o pai do jovem, tem o coração sofrido por não saber o paradeiro do filho. Zeus envia Hermes para lhe dizer que o filho, imortal e sempre jovem, vivia entre os deuses e, para compensá-lo da perda, o Cronida o presenteia com os "intempestivos cavalos que os imortais conduzem" (v. 211). A solução dada pelo Cronida não deixa de ser irô-

26. M. Crudden, *The Homeric Hymns*, p. 134.

nica. O custo da imortalidade de Ganimedes consiste na troca de seu pai real, Troio, por um pai substituto, Zeus; já para Troio, a substituição de seu filho é por cavalos. Aqui, fica claro que à permuta entre deuses e homens corresponde tanto uma recompensa quanto um custo. A perda de um filho e o ganho de cavalos não chega a ser uma equivalência razoável. Embora Ganimedes obtenha a imortalidade e a eterna juventude, sua situação não chega a ser divina.

A história de Titonos é narrada em seguida. Como Ganimedes, ele é belo tal qual um deus, e a deusa Aurora (*Éos*) se apaixona por ele e o rapta; então, da mesma forma que ocorre com seu tio, sua vida é completamente alterada por um ganho que, inicialmente, parece ser altamente positivo: a imortalidade. O relato inicia-se pelo pedido incompleto feito por Aurora a Zeus. Apaixonada pelo jovem troiano, ela o toma para si, querendo que ele fosse imortal como ela; entretanto, não usa a inteligência ao fazer sua solicitação, se mostra néscia (*népie*); no ímpeto de querer usufruir, para sempre, de Titonos, ela pede ao pai a imortalidade e se esquece de pedir a eterna juventude, ou, como diz o verso 225, "a mui amorável juventude" (*polyératos hébe*).

O segundo momento dessa parte do episódio acontece com uma quebra na situação idílica do início, pois, assim que lhe "vieram os primeiros cabelos brancos" (v. 228) à cabeça e à barba, "do leito dele a altiva Aurora se afasta" (v. 230). A partir desse ponto, *Éos* é quem tem a parte mais ativa do relato que os leva à separação. Curiosamente, o alimento que ela lhe dá é uma mistura do que mortais e imortais comem; uma vez que ele tem a imortalidade, seu repasto deve ser a ambrosia, porém, diferentemente dos deuses, ele vai envelhecendo, portanto, sua alimentação também inclui o trigo, o pão. Mais uma vez, o tema da mortalidade *versus* imortalidade aparece nitidamente. Neste trecho, vemos que Titonos, no início, se mostra como o agente que provoca a ação toda, mas, ao longo da narrativa, ele é reduzido à posição de completa sujeição à força da velhice. No final, o que resta é um fiapo de voz que confere alguma concretude ao que sobrou dele, quando a idade chega ao que seria seu limite, mas a vida ainda continua.

Após esses dois exemplos de belos troianos que foram amados por deuses e tiveram finais desastrosos, Afrodite passa a falar de seu filho Eneias. Na economia geral do poema, alguns estudiosos consideram desnecessário o longo relato que discorre sobre o papel a ser desempenhado pelas Ninfas na história. Entretanto, ele nos parece adequado. Muito apropriada nos parece ser a presença de seres que não se identificam com os padrões mortais nem com os padrões divinos para criarem o filho de uma união mista. O discurso de Afrodite termina com uma "solene proibição e uma advertência" a Anquises para que ele nunca revele a identidade da mãe de seu filho[27]: "Mas, se revelas e te vanglorias em teu insensato ânimo / de teres te unido em amor à bem-coroada Citereia, / Zeus iradíssimo raio fulminante te enviará" (vv. 286-288).

PRECATIO (VV. 291-293)

Nos três versos finais, a deusa é saudada com uma fórmula que aparece em diversos Hinos Homéricos e que ratifica o caráter de *proimion* desse tipo de poema. Rapidamente, o poeta afirma que, após tê-la homenageado com este hino, ele passará a cantar outro poema: "Assim dizendo, projetou-se no vento./ Salve, deusa, senhora da bem edificada Chipre!/ Tendo a ti hineado primeiro, a outro devo passar" (vv. 291-293).

Gabriella Pironti, em seu interessantíssimo *Entre Ciel et Guerre. Figures d'Aphrodite en Grèce Ancienne*[28], também comenta as inúmeras facetas de Afrodite, mostrando como ela não está circunscrita a um sistema fechado, e, sim, movimentando-se junto com os outros deuses, em um todo orgânico. As muitas competências dessa deusa estão sempre no âmbito do desejo e do ato sexual, da sedução e não do "Amor", como entendemos hoje. "Amor" é uma noção culturalmente determinada e é necessário redefini-la a cada vez, como diz Pironti.

27. J. Strauss-Clay, *Politics of Olimpus, Form and Meaning in the Major Homeric Hymns*, p. 197.
28. G. Pironti, *Entre Ciel et Guerre: Figures d'Aphrodite en Grèce Ancienne*.

III

ΕΙΣ ΑΦΡΟΔΙΤΗΝ

HINO HOMÉRICO A AFRODITE

ΕΙΣ ΑΦΡΟΔΙΤΗΝ

Μοῦσά μοι ἔννεπε ἔργα πολυχρύσου Ἀφροδίτης
Κύπριδος, ἥ τε θεοῖσιν ἐπὶ γλυκὺν ἵμερον ὦρσεν
καί τ᾽ ἐδαμάσσατο φῦλα καταθνητῶν ἀνθρώπων
οἰωνούς τε διιπετέας καὶ θηρία πάντα,
ἠμὲν ὅσ᾽ ἤπειρος πολλὰ τρέφει ἠδ᾽ ὅσα πόντος·
πᾶσιν δ᾽ ἔργα μέμηλεν ἐϋστεφάνου Κυθερείης.
τρισσὰς δ᾽ οὐ δύναται πεπιθεῖν φρένας οὐδ᾽ ἀπατῆσαι·
κούρην τ᾽ αἰγιόχοιο Διὸς γλαυκῶπιν Ἀθήνην,
οὐ γάρ οἱ εὔαδεν ἔργα πολυχρύσου Ἀφροδίτης,
ἀλλ᾽ ἄρα οἱ πόλεμοί τε ἅδον καὶ ἔργον Ἄρηος,
ὑσμῖναί τε μάχαι τε, καὶ ἀγλαὰ ἔργ᾽ ἀλεγύνειν—
πρώτη τέκτονας ἄνδρας ἐπιχθονίους ἐδίδαξεν
ποιῆσαι σατίνα<ς τε> καὶ ἅρματα ποικίλα χαλκῶι·
ἣ δέ τε παρθενικὰς ἁπαλόχροας ἐν μεγάροισιν
ἀγλαὰ ἔργ᾽ ἐδίδαξεν ἐπὶ φρεσὶ θεῖσα ἑκάστηι—
οὐδέ ποτ᾽ Ἄρτεμιδα χρυσηλάκατον κελαδεινήν
δάμναται ἐν φιλότητι φιλομμειδὴς Ἀφροδίτη
καὶ γὰρ τῆι ἅδε τόξα καὶ οὔρεσι θῆρας ἀναίρειν
φόρμιγγές τε χοροί τε διαπρύσιοί τ᾽ ὀλολυγαί
ἄλσεά τε σκιόεντα δικαίων τε π<τ>όλις ἀνδρῶν·
οὐδὲ μὲν αἰδοίηι κούρηι ἅδεν ἔργ᾽ Ἀφροδίτης
Ἱστίηι, ἣν πρώτην τέκετο Κρόνος ἀγκυλομήτης,
αὖτις δ᾽ ὁπλοτάτην βουλῆι Διὸς αἰγιόχοιο,
πότνιαν, ἣν ἐμνῶντο Ποσειδάων καὶ Ἀπόλλων·
ἣ δὲ μάλ᾽ οὐκ ἔθελεν, ἀλλὰ στερεῶς ἀπέειπεν,
ὤμοσε δὲ μέγαν ὅρκον, ὃ δὴ τετελεσμένος ἐστίν,
ἁψαμένη κεφαλῆς πατρὸς Διὸς αἰγιόχοιο,
παρθένος ἔσσεσθαι πάντ᾽ ἤματα δῖα θεάων.
τῆι δὲ πατὴρ Ζεὺς δῶκε καλὸν γέρας ἀντὶ γάμοιο,
καί τε μέσωι οἴκωι κατ᾽ ἄρ᾽ ἕζετο πῖαρ ἑλοῦσα,

HINO HOMÉRICO A AFRODITE

Musa, conta-me os trabalhos da multiáurea Afrodite,
a Cípria, que nos deuses desperta doce desejo,
que as greis dos homens mortais submete,
e as aves que voam no céu e as feras todas
quantas a terra nutre e quantas também o mar:
os trabalhos da bem-coroada Citereia a todos concernem.
Três corações ela não pode persuadir ou enganar:
a filha de Zeus porta-égide, Atena de glaucos olhos,
pois não lhe agradam os trabalhos da multiáurea Afrodite,
mas guerras, os trabalhos de Ares, embates e,
batalhas lhe aprazem, de admiráveis trabalhos se ocupa.
Ela, primeira, ensinou aos artesãos epictônios
carruagens e irisados carros de bronze fazer.
Em casa, às virgens de pele macia ensinou
os admiráveis trabalhos, ancorando-os nos corações.
Jamais Ártemis aurifrecheira, a caçadora,
a ama-sorriso Afrodite submete ao amor;
a ela apraz o arco, o matar feras nas montanhas,
as liras, as danças e os agudos gritos,
os bosques sombreados e a cidade dos homens justos.
Nem aprazem os trabalhos de Afrodite à veneranda virgem
Héstia, que Crono de curvo-tramar primeiro engendrou,
e também a mais jovem, por desígnio de Zeus porta-égide,
senhora, a quem cobiçaram Posidão e Apolo;
ela não apenas não quis como firmemente os afastou
e jurou grande Juramento, sempre cumprido,
– tocando a cabeça de Zeus Pai porta-égide –
para sempre ser virgem entre as deusas.
A ela Zeus Pai, em lugar de núpcias, deu belo privilégio:
no centro da casa assenta-se, recebendo, dos dons,

πᾶσιν δ᾽ ἐν νηοῖσι θεῶν τιμάοχός ἐστιν
καὶ παρὰ πᾶσι βροτοῖσι θεῶν πρέσβειρα τέτυκται.
τάων οὐ δύναται πεπιθεῖν φρένας οὐδ᾽ ἀπατῆσαι·
τῶν δ᾽ ἄλλων οὔ πέρ τι πεφυγμένον ἔστ᾽ Ἀφροδίτην
οὔτε θεῶν μακάρων οὔτε θνητῶν ἀνθρώπων.
καί τε πάρεκ Ζηνὸς νόον ἤγαγε τερπικεραύνου,
ὅς τε μέγιστός τ᾽ ἐστὶ μεγίστης τ᾽ ἔμμορε τιμῆς·
καί τε τοῦ εὖτ᾽ ἐθέλοι πυκινὰς φρένας ἐξαπαφοῦσα
ῥηϊδίως συνέμειξε καταθνητῇσι γυναιξίν,
Ἥρης ἐκλελαθοῦσα κασιγνήτης ἀλόχου τε,
ἣ μέγα εἶδος ἀρίστη ἐν ἀθανάτῃσι θεῇσιν,
κυδίστην δ᾽ ἄρα μιν τέκετο Κρόνος ἀγκυλομήτης
μήτηρ τε Ῥείη· Ζεὺς δ᾽ ἄφθιτα μήδεα εἰδὼς
αἰδοίην ἄλοχον ποιήσατο κέδν᾽ εἰδυῖαν.
τῇι δὲ καὶ αὐτῇι Ζεὺς γλυκὺν ἵμερον ἔμβαλε θυμῶι
ἀνδρὶ καταθνητῶι μιχθήμεναι, ὄφρα τάχιστα
μηδ᾽ αὐτὴ βροτέης εὐνῆς ἀποεργμένη εἴη
καί ποτ᾽ ἐπευξαμένη εἴπηι μετὰ πᾶσι θεοῖσιν
ἡδὺ γελοιήσασα φιλομμειδὴς Ἀφροδίτη,
ὥς ῥα θεοὺς συνέμειξε καταθνητῇσι γυναιξίν
καί τε καταθνητοὺς υἱεῖς τέκον ἀθανάτοισιν,
ὥς τε θεὰς ἀνέμειξε καταθνητοῖς ἀνθρώποις.
Ἀγχίσεω δ᾽ ἄρα οἱ γλυκὺν ἵμερον ἔμβαλε θυμῶι,
ὃς τότ᾽ ἐν ἀκροπόλοις ὄρεσιν πολυπίδακος Ἴδης
βουκολέεσκεν βοῦς, δέμας ἀθανάτοισιν ἐοικώς.
τὸν δήπειτα ἰδοῦσα φιλομμειδὴς Ἀφροδίτη
ἠράσατ᾽, ἐκπάγλως δὲ κατὰ φρένας ἵμερος εἷλεν.
ἐς Κύπρον δ᾽ ἐλθοῦσα θυώδεα νηὸν ἔδυνεν,
ἐς Πάφον· ἔνθα δέ οἱ τέμενος βωμός τε θυώδης·
ἔνθ᾽ ἥ γ᾽ εἰσελθοῦσα θύρας ἐπέθηκε φαεινάς,
ἔνθα δέ μιν Χάριτες λοῦσαν καὶ χρῖσαν ἐλαίωι
ἀμβρότωι, οἷα θεοὺς ἐπενήνοθεν αἰὲν ἐόντας,
ἀμβροσίωι ἑ<δ>ανῶι, τό ῥά οἱ τεθυωμένον ἦεν.

só o grasso; em todos os templos divinos é honrada;
a todos os mortais respeitadíssima entre os deuses, ela é.
A esses corações não pode persuadir nem enganar,
mas dos outros nenhum consegue de Afrodite escapar
nem dos deuses felizes nem dos homens mortais;
conduziu até o espírito do frui-raios Zeus,
que é grandíssimo e de grandíssima honra partilha;
e se ela quiser, dele enganando o denso coração,
facilmente o faz unir-se a mulheres mortais,
fazendo-o esquecer-se de Hera, irmã-esposa,
que pelo belo talhe supera as deusas imortais,
gloriosíssima, a quem Crono de curvo-tramar gerou
e a mãe Reia; Zeus, de imperecíveis desígnios sabendo,
fez dela esposa prezada e prudente.
Da própria Afrodite Zeus no ânimo pôs doce desejo
de se unir a um homem mortal, e rápido foi,
para que ela não evitasse o leito de um mortal
e, quando junto dos deuses, não mais pudesse ela,
a ama-sorriso Afrodite, com atrevido sorriso, gabar-se
de induzir à união deuses e mulheres mortais
– estas aos imortais mortais filhos geraram –
além de enredar deusas a homens mortais.
No ânimo lançou-lhe doce desejo por Anquises,
que nos cimos montanhosos do multifonte Ida
bois apascentava, semelhante em estatura aos imortais.
Logo que o viu, a ama-sorriso Afrodite, em amor
redemoinhou com assombroso desejo no coração.
Foi a Chipre e em seu perfumado templo entrou,
em Pafos, onde tem domínios e oloroso altar.
Chegada, fechou as resplandecentes portas
e as Graças a banharam e a ungiram com óleo
imortal, com que se cobrem os sempiternos,
e ambrosia fragrante só para ela preparada.

ἑσσαμένη δ᾽ εὖ πάντα περὶ χροῒ εἵματα καλά,
χρυσῶι κοσμηθεῖσα φιλομμειδὴς Ἀφροδίτη
σεύατ᾽ ἐπὶ Τροίης, προλιποῦσ᾽ εὐώδεα Κύπρον,
ὕψι μετὰ νέφεσιν ῥίμφα πρήσσουσα κέλευθον.
Ἴδην δ᾽ ἵκανεν πολυπίδακα, μητέρα θηρῶν,
βῆ δ᾽ ἰθὺς σταθμοῖο δι᾽ οὔρεος· οἳ δὲ μετ᾽ αὐτήν
σαίνοντες πολιοί τε λύκοι χαροποί τε λέοντες
ἄρκτοι παρδάλιές τε θοαὶ προκάδων ἀκόρητοι
ἤϊσαν· ἣ δ᾽ ὁρόωσα μετὰ φρεσὶ τέρπετο θυμόν,
καὶ τοῖς ἐν στήθεσσι βάλ᾽ ἵμερον, οἳ δ᾽ ἅμα πάντες
σύνδυο κοιμήσαντο κατὰ σκιόεντας ἐναύλους.
αὐτὴ δ᾽ ἐς κλισίας εὐποιήτους ἀφίκανεν·
τὸν δ᾽ ηὗρε σταθμοῖσι λελειμμένον οἶον ἀπ᾽ ἄλλων
Ἀγχίσην ἥρωα θεῶν ἄπο κάλλος ἔχοντα·
οἳ δ᾽ ἅμα βουσὶν ἕποντο νομοὺς κάτα ποιήεντας
πάντες, ὃ δὲ σταθμοῖσι λελειμμένος οἶος ἀπ᾽ ἄλλων
πωλεῖτ᾽ ἔνθα καὶ ἔνθα, διαπρύσιον κιθαρίζων.
στῆ δ᾽ αὐτοῦ προπάροιθε Διὸς θυγάτηρ Ἀφροδίτη,
παρθένωι ἀδμήτηι μέγεθος καὶ εἶδος ὁμοίη,
μή μιν ταρβήσειεν ἐν ὀφθαλμοῖσι νοήσας.
Ἀγχίσης δ᾽ ὁρόων ἐφράζετο θαύμαινέν τε
εἶδός τε μέγεθός τε καὶ εἵματα σιγαλόεντα.
πέπλον μὲν γὰρ ἕεστο φαεινότερον πυρὸς αὐγῆς,
εἶχε δ᾽ ἐπιγναμπτὰς ἕλικας κάλυκάς τε φαεινάς,
ὅρμοι δ᾽ ἀμφ᾽ ἁπαλῆι δειρῆι περικαλλέες ἦσαν
καλοὶ χρύσειοι παμποίκιλοι· ὡς δὲ σελήνη
στήθεσιν ἀμφ᾽ ἁπαλοῖσιν ἐλάμπετο, θαῦμα ἰδέσθαι.
Ἀγχίσην δ᾽ ἔρος εἷλεν, ἔπος δέ μιν ἀντίον ηὔδα·
"χαῖρε, ἄνασσ᾽, ἥ τις μακάρων τάδε δώμαθ᾽ ἱκάνεις,
Ἄρτεμις ἢ Λητὼ ἠὲ χρυσῆ Ἀφροδίτη
ἢ Θέμις ἠϋγενὴς ἠὲ γλαυκῶπις Ἀθήνη
ἤ πού τις Χαρίτων δεῦρ᾽ ἤλυθες, αἵ τε θεοῖσιν
πᾶσιν ἑταιρίζουσι καὶ ἀθάνατοι καλέονται,

Toda vestida com belas e luminosas vestes,
adornada em ouro, a ama-sorriso Afrodite
precipitou-se sobre Troia, deixando a olorosa Chipre,
no alto, entre nuvens, prontamente percorrendo a rota,
atingiu o multifonte Ida, mãe das feras;
foi ao acampamento nas montanhas e atrás dela,
saracoteando, lobos cinzentos, leões de rútilos olhos,
ursos e ágeis felinos ávidos por corçazinhas
perambulavam; viu e se encantou no ânimo e no coração
e em pleno peito o desejo lhes atirou. De uma só vez,
aos pares se acasalaram em sombreadas grutas.
E ela, chegando às bem construídas cabanas,
encontrou, deixado sozinho no estábulo, sem os outros,
o herói Anquises, que a beleza dos deuses carregava.
Os outros seguiam rebanhos pelos verdes pastos
e sozinho, deixado no estábulo sem os outros,
caminhava, a cítara tangendo em límpidos sons.
À frente dele postou-se a filha de Zeus, Afrodite,
símil nos traços e no talhe a virgem indômita,
para ele, ao percebê-la nos olhos, não se amedrontar.
Anquises, olhando, espantado se maravilhou
com o aspecto, o talhe e as esplendentes vestes.
Ela vestia um manto mais luminoso que o fulgor do fogo
e tinha retorcidas espirais e luminosas flores;
à volta do delicado colo belíssimos colares se assentavam,
formosos, relavrados em ouro e, símeis à lua,
nos seios delicados luziam: deslumbramento para se ver!
Eros tomou Anquises, esta fala de frente a ela falou:
"Salve, Senhora! que bem-aventurada vens a esta casa!
Ártemis ou Letô ou a áurea Afrodite ou
Têmis bem-nascida ou Atena de glaucos olhos,
ou talvez vieste, uma das Graças, as que a todos
os deuses acompanham e são chamadas imortais,

ἤ τις νυμφάων, αἵ τ᾽ ἄλσεα καλὰ νέμονται,
{ἢ νυμφῶν αἳ καλὸν ὄρος τόδε ναιετάουσιν}
καὶ πηγὰς ποταμῶν καὶ πίσεα ποιήεντα.
σοὶ δ᾽ ἐγὼ ἐν σκοπιῆι, περιφαινομένωι ἐνὶ χώρωι,
βωμὸν ποιήσω, ῥέξω δέ τοι ἱερὰ καλά
ὥρηισιν πάσηισι· σὺ δ᾽ εὔφρονα θυμὸν ἔχουσα
δός με μετὰ Τρώεσσιν ἀριπρεπέ᾽ ἔμμεναι ἄνδρα,
ποίει δ᾽ εἰσοπίσω θαλερὸν γόνον, αὐτὰρ ἔμ᾽ αὐτόν
δηρὸν ἐῢ ζώειν καὶ ὁρᾶν φάος ἠελίοιο
ὄλβιον ἐν λαοῖς καὶ γήραος οὐδὸν ἱκέσθαι."
τὸν δ᾽ ἠμείβετ᾽ ἔπειτα Διὸς θυγάτηρ Ἀφροδίτη·
"Ἀγχίση, κύδιστε χαμαιγενέων ἀνθρώπων,
οὔ τίς τοι θεός εἰμι· τί μ᾽ ἀθανάτηισιν ἐΐσκεις;
ἀλλὰ καταθνητή τε, γυνὴ δέ με γείνατο μήτηρ.
Ὀτρεὺς δ᾽ ἐστὶ πατὴρ ὀνομάκλυτος, εἴ που ἀκούεις,
ὃς πάσης Φρυγίης εὐτειχήτοιο ἀνάσσει.
γλῶσσαν δ᾽ ὑμετέρην <τε> καὶ ἡμετέρην σάφα οἶδα·
Τρωιὰς γὰρ μεγάρωι με τροφὸς τρέφεν ἡδὲ διάπρο
σμικρὴν παῖδ᾽ ἀτίταλλε φίλης παρὰ μητρὸς ἑλοῦσα·
ὣς δή τοι γλῶσσάν γε καὶ ὑμετέρην εὖ οἶδα.
νῦν δέ μ᾽ ἀνήρπαξε χρυσόρραπις Ἀργειφόντης
ἐκ χοροῦ Ἀρτέμιδος χρυσηλακάτου κελαδεινῆς.
πολλαὶ δὲ νύμφαι καὶ παρθένοι ἀλφεσίβοιαι
παίζομεν, ἀμφὶ δ᾽ ὅμιλος ἀπείριτος ἐστεφάνωτο·
ἔνθέν μ᾽ ἥρπαξε χρυσόρραπις Ἀργειφόντης,
πολλὰ δ᾽ ἐπ᾽ ἤγαγεν ἔργα καταθνητῶν ἀνθρώπων,
πολλὴν δ᾽ ἄκληρόν τε καὶ ἄκτιτον, ἣν διὰ θῆρες
ὠμοφάγοι φοιτῶσι κατὰ σκιόεντας ἐναύλους,
οὐδὲ ποσὶ ψαύειν δόκεον φυσιζόου αἴης·
Ἀγχίσεω δέ με φάσκε παραὶ λέχεσιν καλέεσθαι
κουριδίην ἄλοχον, σοὶ δ᾽ ἀγλαὰ τέκνα τεκεῖσθαι.
αὐτὰρ ἐπεὶ δὴ δεῖξε καὶ ἔφρασεν, ἤτοι ὅ γ᾽ αὖτις
ἀθανάτων μετὰ φῦλ᾽ ἀπέβη κρατὺς Ἀργειφόντης·

ou uma das Ninfas cujo lote têm nos belos bosques,
ou uma das Ninfas que habitam esta bela montanha,
as fontes, os rios e as verdejantes campinas.
A ti, no bem alto, multivisível em toda região,
um altar farei; sim, oferecerei belos sacrifícios
a cada estação. Mas tu tendo ânimo afável
dá-me que seja homem notável entre troianos
e concede no futuro florescente estirpe e que eu
viva por um bom tempo vendo a luz do Sol, afortunado
entre minha gente e que atinja da velhice o umbral!".
Volveu-lhe em seguida a filha de Zeus, Afrodite:
"Anquises, ilustríssimo entre terrenos homens,
não sou divina, por que me comparas às imortais?
Sou eu mortal e a mãe que me gerou é mulher.
Otreu de ínclito nome é meu pai, se dele algo já ouviste;
ele reina sobre toda a bem fortificada Frígia.
A língua vossa e a nossa conheço bem:
no palácio uma troiana nutriz me alimentou desde
tenra infância e me criou da mãe me recebendo,
assim é, pois, que a vossa língua bem aprendi.
Eis que o Argifonte do áureo bastão me arrebatou
da dança em honra à aurifrecheira Ártemis, a caçadora;
muitas ninfas e virgens merecedoras de bois
dançávamos e uma imensa multidão nos circundava.
De lá raptou-me o Argifonte do áureo bastão,
conduziu-me sobre muita terra de homens mortais
e sobre muita terra herdada e inculta, onde feras
carnívoras erram pelas sombreadas ravinas,
sem sequer meus pés encostar na terra nutriz.
Ao leito de Anquises ele disse que eu seria chamada
virgem esposa e a ti filhos ilustres iria gerar.
Mas, tão logo a mim tivesse apontado e falado,
o poderoso Argifonte partiu para a grei dos imortais;

αὐτὰρ ἐγὼ σ᾽ ἱκόμην, κρατερὴ δέ μοι ἔπλετ᾽ ἀνάγκη.
ἀλλά σε πρὸς Ζηνὸς γουνάζομαι ἠδὲ τοκήων
ἐσθλῶν· οὐ μὲν γάρ κε κακοὶ τοιόνδε τέκοιεν·
ἀδμήτην μ᾽ ἀγαγὼν καὶ ἀπειρήτην φιλότητος
πατρί τε σῶι δεῖξον καὶ μητέρι κεδν᾽ εἰδυίηι
σοῖς τε κασιγνήτοις, οἵ τοι ὁμόθεν γεγάασιν·
οὔ σφιν ἀεικελίη νυὸς ἔσσομαι, ἀλλ᾽ εἰκυῖα.
πέμψαι δ᾽ ἄγγελον ὦκα μετὰ Φρύγας αἰολοπώλους,
εἰπεῖν πατρί τ᾽ ἐμῶι καὶ μητέρι κηδομένηι περ·
οἳ δέ κέ <τοι> χρυσόν τε ἅλις ἐσθῆτά θ᾽ ὑφαντήν
πέμψουσιν, σὺ δὲ πολλὰ καὶ ἀγλαὰ δέχθαι ἄποινα.
ταῦτα δὲ ποιήσας δαίνυ γάμον ἱμερόεντα
τίμιον ἀνθρώποισι καὶ ἀθανάτοισι θεοῖσιν."
ὣς εἰποῦσα θεὰ γλυκὺν ἵμερον ἔμβαλε θυμῶι.
Ἀγχίσην δ᾽ ἔρος εἷλεν, ἔπος τ᾽ ἔφατ᾽ ἔκ τ᾽ ὀνόμαζεν·
"εἰ μὲν θνητή τ᾽ ἐσσί, γυνὴ δέ σε γείνατο μήτηρ,
Ὀτρεὺς δ᾽ ἐστὶ πατὴρ ὀνομάκλυτος, ὡς ἀγορεύεις,
ἀθανάτου δὲ ἕκητι διακτόρου ἐνθάδ᾽ ἱκάνεις
Ἑρμέω, ἐμὴ δ᾽ ἄλοχος κεκλήσεαι ἤματα πάντα·
οὔ τις ἔπειτα θεῶν οὔτε θνητῶν ἀνθρώπων
ἐνθάδε με σχήσει πρὶν σῆι φιλότητι μιγῆναι
αὐτίκα νῦν, οὐδ᾽ εἴ κεν ἑκηβόλος αὐτὸς Ἀπόλλων
τόξου ἄπ᾽ ἀργυρέου προϊῆι βέλεα στονόεντα·
βουλοίμην κεν ἔπειτα, γύναι εἰκυῖα θεῆισιν,
σῆς εὐνῆς ἐπιβὰς δῦναι δόμον Ἄϊδος εἴσω."
ὣς εἰπὼν λάβε χεῖρα· φιλομμειδὴς δ᾽ Ἀφροδίτη
ἕρπε μεταστρεφθεῖσα, κατ᾽ ὄμματα καλὰ βαλοῦσα,
ἐς λέχος εὔστρωτον, ὅθι περ πάρος ἔσκεν ἄνακτι
χλαίνῃσιν μαλακῆις ἐστρωμένον· αὐτὰρ ὕπερθεν
ἄρκτων δέρματ᾽ ἔκειτο βαρυφθόγγων τε λεόντων,
τοὺς αὐτὸς κατέπεφνεν ἐν οὔρεσιν ὑψηλοῖσιν.
οἳ δ᾽ ἐπεὶ οὖν λεχέων εὐποιήτων ἐπέβησαν,
κόσμον μέν οἱ πρῶτον ἀπὸ χροὸς εἷλε φαεινόν,

a ti eu vim: impeliu-me imperiosa necessidade.
Mas a ti por Zeus suplico e por vossos nobres pais
– pois maus não engendrariam tal filho –
que me conduza virgem, inexperiente no amor,
até teu pai e à tua devotada mãe e também
a teus irmãos nascidos na mesma linhagem.
Para eles, nunca indigna, mas, digna mulher serei.
Envia já um mensageiro aos Frígios de velozes corcéis
para fazer saber a meu pai e a minha mãe;
eles, por certo, vestes prodigamente tecidas em ouro
enviarão, aceita ainda inúmeros e esplêndidos dotes.
Tendo isso feito, celebre as desejadas núpcias
honradas tanto por homens quanto por deuses imortais".
Tendo-o dito a deusa em seu ânimo pôs doce desejo.
Eros tomou Anquises e esta palavra disse e precisou:
"Se és mortal, se tua mãe é mesmo uma mulher
e se Otreu é o ínclito nome de teu pai, como dizes,
e se aqui vens pelo desejo do imortal Mensageiro,
minha esposa serás sempre chamada;
agora nenhum dos deuses nem dos homens mortais
aqui me deterá antes que em amor me una a ti.
E mesmo se o próprio Arqueiro Apolo
lançasse do argênteo arco funestas flechas,
eu aceitaria – ó mulher semelhante às deusas – descer
à morada de Hades, depois de subir ao teu leito".
Assim falando, segurou-lhe a mão; a ama-sorriso Afrodite
baixando seus olhos deslizou virando-se em direção
ao bem fornido leito, que já estava para o príncipe
coberto com macias mantas e sobre elas
repousavam peles de ursos e de rugidores leões
por ele mesmo caçados nas altas montanhas.
Quando ambos subiram ao bem lavrado leito,
primeiro do corpo dela ele tirou resplandecente adorno

πόρπας τε γναμπτάς θ᾽ ἕλικας κάλυκάς τε καὶ ὅρμους,
λῦσε δέ οἱ ζώνην, ἰδὲ εἵματα σιγαλόεντα
ἔκδυε καὶ κατέθηκεν ἐπὶ θρόνου ἀργυροήλου
Ἀγχίσης· ὃ δ᾽ ἔπειτα θεῶν ἰότητι καὶ αἴσηι
ἀθανάτηι παρέλεκτο θεᾶι βροτός, οὐ σάφα εἰδώς.
ἦμος δ᾽ ἂψ εἰς αὖλιν ἀποκλίνουσι νομῆες
βοῦς τε καὶ ἴφια μῆλα νομῶν ἒξ ἀνθεμοέντων,
τῆμος ἄρ᾽ Ἀγχίσηι μὲν ἐπὶ γλυκὺν ὕπνον ἔχευεν
νήδυμον, αὐτὴ δὲ χροῒ ἕννυτο εἵματα καλά.
ἑσσαμένη δ᾽ εὖ πάντα περὶ χροῒ δῖα θεάων
ἔστη ἄρα κλισίηι· εὐποιήτου <δὲ> μελάθρου
κῦρε κάρη, κάλλος δὲ παρειάων ἀπέλαμπεν
ἄμβροτον, οἷόν τ᾽ ἐστὶν ἐϋστεφάνου Κυθερείης·
ἐξ ὕπνου τ᾽ ἀνέγειρεν, ἔπος τ᾽ ἔφατ᾽ ἔκ τ᾽ ὀνόμαζεν·
"ὄρσεο, Δαρδανίδη· τί νυ νήγρετον ὕπνον ἰαύεις;
καὶ φράσαι, εἴ τοι ὁμοίη ἐγὼν ἰνδάλλομαι εἶναι,
οἵην δή με τὸ πρῶτον ἐν ὀφθαλμοῖσι νόησας."
ὣς φάθ᾽· ὃ δ᾽ ἐξ ὕπνοιο μάλ᾽ ἐμμαπέως ὑπάκουσεν.
ὡς δὲ ἴδεν δειρήν τε καὶ ὄμματα κάλ᾽ Ἀφροδίτης,
τάρβησέν τε καὶ ὄσσε παρακλιδὸν ἔτραπεν ἄλληι,
ἂψ δ᾽ αὖτις χλαίνηι ἐκαλύψατο καλὰ πρόσωπα.
καί μιν λισσόμενος ἔπεα πτερόεντα προσηύδα·
"αὐτίκα σ᾽ ὡς τὰ πρῶτα, θεά, ἴδον ὀφθαλμοῖσιν,
ἔγνων ὡς θεὸς ἦσθα· σὺ δ᾽ οὐ νημερτὲς ἔειπες.
ἀλλά σε πρὸς Ζηνὸς γουνάζομαι αἰγιόχοιο,
μή με ζῶντ᾽ ἀμενηνὸν ἐν ἀνθρώποισιν ἐάσηις
ναίειν, ἀλλ᾽ ἐλέαιρ᾽· ἐπεὶ οὐ βιοθάλμιος ἀνήρ
γίνεται, ὅς τε θεαῖς εὐνάζεται ἀθανάτηισιν."
τὸν δ᾽ ἠμείβετ᾽ ἔπειτα Διὸς θυγάτηρ Ἀφροδίτη·
"Ἀγχίση, κύδιστε καταθνητῶν ἀνθρώπων,
θάρσει, μηδέ τι σῆισι μετὰ φρεσὶ δείδιθι λίην·
οὐ γάρ τοί τι δέος παθέειν κακὸν ἐξ ἐμέθεν γε
οὐδ᾽ ἄλλων μακάρων, ἐπεὶ ἦ φίλος ἐσσὶ θεοῖσιν.

e presilhas e curvas espirais e flores e colares.
Anquises desatou-lhe o cinto e as luzentes vestes
despiu, colocando-as sobre a cadeira em prata tacheada;
depois, por seu lote e por desígnio dos deuses,
com imortal ele, mortal, se deitou, sem bem o saber.
Quando de volta os pastores trazem ao estábulo
os bois e as robustas ovelhas dos gordos pastos
ela sobre Anquises derramava sono doce e profundo
e se revestia com as suas belas vestes.
Bem vestida, divina entre as deusas, tudo posto no corpo,
ergueu-se na cabana: no bem construído teto tocou
a cabeça, enquanto beleza resplendia em seu rosto
imortal, como só a da bem-coroada Citereia.
Do sono o despertou e o chamando disse:
"Levanta, Dardanida! Por que dormis sono profundo?
Diz se me assemelho ao que parecia ser antes
quando primeiro me conheceste nos olhos?"
Assim disse e ele logo do sono saiu e obedeceu.
Quando de Afrodite viu o colo e os belos olhos,
terror sentiu e o olhar volveu a lugar nenhum
e de novo as belas faces com a coberta cobriu,
e súplice a ela disse estas aladas palavras:
"Ó deusa, súbito, quando primeiro nos olhos te percebi,
reconheci seres divina, mas veraz não foi tua palavra.
Assim, por Zeus porta-égide te imploro:
não me deixes inválido viver e entre os homens
habitar! Tem compaixão, pois homem vigoroso
não chega a ser quem com imortais se deita!"
Então, retorquiu Afrodite, filha de Zeus porta-égide:
"Anquises, ilustríssimo entre os homens mortais,
coragem! Não amedrontes demais tuas entranhas,
pois de mim temor algum irás sentir
nem de outros bem-aventurados, pois a eles és caro!

σοὶ δ᾽ ἔσται φίλος υἱός, ὃς ἐν Τρώεσσιν ἀνάξει
καὶ παῖδες παίδεσσι διαμπερὲς ἐκγεγάοντες·
τῶι δὲ καὶ Αἰνείας ὄνομ᾽ ἔσσεται, οὕνεκά μ᾽ αἰνόν
ἔσχεν ἄχος, ἕνεκα βροτοῦ ἀνέρος ἔμπεσον εὐνῆι.
ἀγχίθεοι δὲ μάλιστα καταθνητῶν ἀνθρώπων
αἰεὶ ἀφ᾽ ὑμετέρης γενεῆς εἶδός τε φυήν τε·
ἤτοι μὲν ξανθὸν Γανυμήδεα μητίετα Ζεύς
ἥρπασεν ὃν διὰ κάλλος, ἵν᾽ ἀθανάτοισι μετείη
καί τε Διὸς κατὰ δῶμα θεοῖς ἐπιοινοχοεύοι,
θαῦμα ἰδεῖν, πάντεσσι τετιμένος ἀθανάτοισιν,
χρυσέου ἐκ κρητῆρος ἀφύσσων νέκταρ ἐρυθρόν.
Τρῶα δὲ πένθος ἄλαστον ἔχε φρένας, οὐδέ τι ἤιδει
ὅππηι οἱ φίλον υἱὸν ἀνήρπασε θέσπις ἄελλα·
τὸν δήπειτα γόασκε διαμπερὲς ἤματα πάντα.
καί μιν Ζεὺς ἐλέησε, δίδου δέ οἱ υἷος ἄποινα
ἵππους ἀρσίποδας, τοί τ᾽ ἀθανάτους φορέουσιν·
τούς οἱ δῶρον ἔδωκεν ἔχειν, εἶπέν τε ἕκαστα
Ζηνὸς ἐφημοσύνῃσι διάκτορος Ἀργειφόντης,
ὡς ἔοι ἀθάνατος καὶ ἀγήρως ἶσα θεοῖσιν.
αὐτὰρ ἐπεὶ δὴ Ζηνὸς ὅ γ᾽ ἔκλυεν ἀγγελιάων,
οὐκέτ᾽ ἔπειτα γόασκε, γεγήθει δὲ φρένας ἔνδον,
γηθόσυνος δ᾽ ἵπποισιν ἀελλοπόδεσσιν ὀχεῖτο.
ὣς δ᾽ αὖ Τιθωνὸν χρυσόθρονος ἥρπασεν Ἠώς
ὑμετέρης γενεῆς, ἐπιείκελον ἀθανάτοισιν·
βῆ δ᾽ ἴμεν αἰτήσουσα κελαινεφέα Κρονίωνα
ἀθάνατόν τ᾽ εἶναι καὶ ζώειν ἤματα πάντα·
τῆι δὲ Ζεὺς ἐπένευσε καὶ ἐκρήηνεν ἐέλδωρ·
νηπίη, οὐδ᾽ ἐνόησε μετὰ φρεσὶ πότνια Ἠώς
ἥβην αἰτῆσαι ξῦσαί τ᾽ ἄπο γῆρας ὀλοιόν.
τὸν δ᾽ ἤτοι εἵως μὲν ἔχεν πολυήρατος ἥβη,
Ἠοῖ τερπόμενος χρυσοθρόνωι ἠριγενείηι
ναῖε παρ᾽ Ὠκεανοῖο ῥοῇς ἐπὶ πείρασι γαίης·
αὐτὰρ ἐπεὶ πρῶται πολιαὶ κατέχυντο ἔθειραι

Terás teu filho, que entre troianos reinará
e filhos de filhos irão nascer sem cessar;
seu nome Eneias será, porque terrível aflição
já me possui por ter ao leito de um mortal subido.
Dentre os mortais, os mais semelhantes aos deuses,
na forma e no porte, como sempre, são da vossa raça.
Em verdade o loiro Ganimedes Zeus sagaz raptou,
por sua beleza, para que entre imortais vivesse
e aos deuses vinho servisse nos palácios de Zeus:
maravilha de se ver! Honrado por todos os imortais,
da cratera de ouro vertendo o rubro néctar.
Sofrimento cruel as entranhas de Troio tomou: não sabia
para onde seu filho a divina tempestade arrebatara.
Desde então, todos os dias ele o pranteia.
Dele Zeus se apiedou e, para o ressarcir do filho, deu-lhe
os intempestivos cavalos que os imortais conduzem.
A ele os deu para tê-los como presente e lhe contou
minucioso o mensageiro Argifonte, por ordem de Zeus,
que o filho era imortal e sempre jovem, como os deuses.
Logo que de Zeus ouviu essas mensagens
cessou-lhe o choro, alegrando-se nas entranhas,
e contente era conduzido pelos intempestivos cavalos.
Assim também a auritronada Aurora raptou Titonos,
da vossa raça, que aos imortais tanto se assemelha.
Ao Cronida de negras nuvens ela foi e suplicou
que ele fosse imortal e para sempre vivesse;
a ela assentiu Zeus e no solicitado a satisfez.
Néscia, não atinou em seu íntimo a altiva Aurora
a juventude a ele pedir e a funesta velhice afastar.
Enquanto possuía ele a mui amorável juventude,
deliciando-se muito com a auritronada Aurora,
habitava os confins da terra próximo do Oceano.
Logo que vieram os primeiros cabelos brancos

καλῆς ἐκ κεφαλῆς εὐηγενέος τε γενείου,
τοῦ δ᾽ ἤτοι εὐνῆς μὲν ἀπείχετο πότνια Ἠώς,
αὐτὸν δ᾽ αὖτ᾽ ἀτίταλλεν ἐνὶ μεγάροισιν ἔχουσα
σίτωι τ᾽ ἀμβροσίηι τε καὶ εἵματα καλὰ διδοῦσα.
ἀλλ᾽ ὅτε δὴ πάμπαν στυγερὸν κατὰ γῆρας ἔπειγεν,
οὐδέ τι κινῆσαι μελέων δύνατ᾽ οὐδ᾽ ἀναεῖραι,
ἥδε δέ οἱ κατὰ θυμὸν ἀρίστη φαίνετο βουλή·
ἐν θαλάμωι κατέθηκε, θύρας δ᾽ ἐπέθηκε φαεινάς.
τοῦ δ᾽ ἤτοι φωνὴ ῥέει ἄσπετος, οὐδέ τι κῖκυς
ἔσθ᾽ οἵη πάρος ἔσκεν ἐνὶ γναμπτοῖσι μέλεσσιν.
“οὐκ ἂν ἐγώ γε σὲ τοῖον ἐν ἀθανάτοισιν ἑλοίμην
ἀθάνατόν τ᾽ εἶναι καὶ ζώειν ἤματα πάντα·
ἀλλ᾽ εἰ μὲν τοιοῦτος ἐὼν εἶδός τε δέμας τε
ζώοις ἡμέτερός τε πόσις κεκλημένος εἴης,
οὐκ ἂν ἔπειτά μ᾽ ἄχος πυκινὰς φρένας ἀμφικαλύπτοι.
νῦν δὲ σὲ μὲν τάχα γῆρας ὁμοίιον ἀμφικαλύψει
νηλειές, τό τ᾽ ἔπειτα παρίσταται ἀνθρώποισιν,
οὐλόμενον καματηρόν, ὅ τε στυγέουσι θεοί περ,
αὐτὰρ ἐμοὶ μέγ᾽ ὄνειδος ἐν ἀθανάτοισι θεοῖσιν
ἔσσεται ἤματα πάντα διαμπερὲς εἵνεκα σεῖο,
οἳ πρὶν ἐμοὺς ὀάρους καὶ μήτιας, αἷς ποτε πάντας
ἀθανάτους συνέμειξα καταθνητῆισι γυναιξίν,
τάρβεσκον· πάντας γὰρ ἐμὸν δάμνασκε νόημα·
νῦν δὲ δὴ οὐκέτι μοι στόμα χείσεται ἐξονομῆναι
τοῦτο μετ᾽ ἀθανάτοισιν, ἐπεὶ μάλα πολλὸν ἀάσθην,
σχέτλιον, οὐκ ὀνομαστόν, ἀπεπλάγχθην δὲ νόοιο,
παῖδα δ᾽ ὑπὸ ζώνηι ἐθέμην βροτῶι εὐνηθεῖσα.
“τὸν μὲν ἐπὴν δὴ πρῶτον ἴδηι φάος ἠελίοιο,
νύμφαί μιν θρέψουσιν ὀρεσκῶιοι βαθύκολποι,
αἳ τόδε ναιετάουσιν ὄρος μέγα τε ζάθεόν τε·
αἵ ῥ᾽ οὔτε θνητοῖς οὔτ᾽ ἀθανάτοισιν ἕπονται.
δηρὸν μὲν ζώουσι καὶ ἄμβροτον εἶδαρ ἔδουσιν,
καί τε μετ᾽ ἀθανάτοισι καλὸν χορὸν ἐρρώσαντο,

em sua bela cabeça e em sua barba de nobre origem,
do leito dele a altiva Aurora então se afastou;
alimentava-o em sua morada mantendo o
com trigo e ambrosia e belas vestes lhe dando.
Mas a odiosa velhice o tendo todo tomado e ele
não mais podendo os membros mover ou erguer,
no ânimo esta decisão pareceu-lhe a melhor:
no quarto o colocou, fechando as esplendentes portas.
Dele ainda a voz flui incessante, mas força alguma
resta como antes possuíam os flexíveis membros.
Eu mesma não quereria que tu assim entre mortais
imortal fosses e assim vivesses para sempre.
Mas se com a forma e o talhe de agora vivesses
e de meu esposo também fosses chamado,
nenhuma aflição cobriria minhas resolutas entranhas.
Mas agora virá te cobrir velhice cruel,
inexorável, a que dos homens se apropria,
amaldiçoada, extenuante, que até os deuses odeiam.
E eu dos deuses imortais grande censura
sempre e sem cessar sofrerei por tua causa;
antes as minhas falas suaves e astutas eles temiam,
pois, com elas, todos eles a mulheres uni,
a todos minha inteligência podia submeter.
Mas agora minha boca não ousará isso declarar
entre os imortais depois de perturbação me ter tomado:
lamentável, inominável, a mente extraviada;
e criança no ventre levo por ter com mortal deitado.
E ela, logo que a primeira luz do sol vir,
as Ninfas das amplas montanhas alimentarão,
elas que vivem neste grande e sagrado monte
e que não se contam entre os imortais nem os mortais:
têm vida longa e divino alimento sorvem
e dançam bela dança com os imortais.

τῆισι δὲ Σειληνοί τε καὶ εὔσκοπος Ἀργειφόντης
μίσγοντ᾽ ἐν φιλότητι μυχῶι σπείων ἐροέντων.
τῆισι δ᾽ ἅμ᾽ ἠ᾽ ἐλάται ἠὲ δρύες ὑψικάρηνοι
γεινομένηισιν ἔφυσαν ἐπὶ χθονὶ βωτιανείρηι·
καλαὶ τηλεθάουσαι ἐν οὔρεσιν ὑψηλοῖσιν
ἑστᾶσ᾽ ἠλίβατοι, τεμένη δέ ἑ κικλήσκουσιν
ἀθανάτων· τὰς δ᾽ οὔ τι βροτοὶ κείρουσι σιδήρωι.
ἀλλ᾽ ὅτε κεν δὴ μοῖρα παρεστήκηι θανάτοιο,
ἀζάνεται μὲν πρῶτον ἐπὶ χθονὶ δένδρεα καλά,
φλοιὸς δ᾽ ἀμφιπεριφθινύθει, πίπτουσι δ᾽ ἄπ᾽ ὄζοι,
τῶν δέ θ᾽ ὁμοῦ ψυχὴ λείπει φάος ἠελίοιο.
αἳ μὲν ἐμὸν θρέψουσι παρὰ σφίσιν υἱὸν ἔχουσαι·
τὸν μὲν ἐπὴν δὴ πρῶτον ἕληι πολυήρατος ἥβη,
ἄξουσίν τοι δεῦρο θεαὶ δείξουσί τε παῖδα.
σοὶ δ᾽ ἐγώ, ὄφρα <κε> ταῦτα μετὰ φρεσὶ πάντα διέλθω,
ἐς πέμπτον ἔτος αὖτις ἐλεύσομαι υἱὸν ἄγουσα.
τὸν μὲν ἐπὴν δὴ πρῶτον ἴδηις θάλος ὀφθαλμοῖσιν,
γηθήσεις ὁρόων· μάλα γὰρ θεοείκελος ἔσται·
ἄξεις δ᾽ αὐτίκα μιν ποτὶ Ἴλιον ἠνεμόεσσαν.
ἢν δέ τις εἴρηταί σε καταθνητῶν ἀνθρώπων,
ἥ τις σοὶ φίλον υἱὸν ὑπὸ ζώνηι θέτο μήτηρ,
τῶι δὲ σὺ μυθεῖσθαι μεμνημένος ὥς σε κελεύω·
φάσθαι τοι νύμφης καλυκώπιδος ἔκγονον ειναι,
αἳ τόδε ναιετάουσιν ὄρος καταειμένον ὕληι.
εἰ δέ κεν ἐξείπηις καὶ ἐπεύξεαι ἄφρονι θυμῶι
ἐν φιλότητι μιγῆναι ἐϋστεφάνωι Κυθερείηι,
Ζεύς σε χολωσάμενος βαλέει ψολόεντι κεραυνῶι.
εἴρηταί τοι πάντα· “σὺ δὲ φρεσὶ σῆισι νοήσας
ἴσχεο, μηδ᾽ ὀνόμαινε, θεῶν δ᾽ ἐποπίζεο μῆνιν.”
ὣς εἰποῦσ᾽ ἤϊξε πρὸς οὐρανὸν ἠνεμόεντα.
χαῖρε, θεά, Κύπροιο ἐϋκτιμένης μεδέουσα·
σέο δ᾽ ἐγὼ ἀρξάμενος μεταβήσομαι ἄλλον ἐς ὕμνον.

A elas os Silenos e o observador Argifonte
em amor se unem no fundo das amáveis furnas.
Junto com elas, pinheiros e carvalhos altivos
nascem sobre a terra nutriz de homens e
crescem belos, exuberantes, nos altíssimos montes,
alçando-se íngremes e este território é dos imortais
chamado; a eles nenhum mortal com ferro abate.
Mas quando seu lote os designa para a morte,
secam primeiro as belas árvores sobre a terra
e a casca ao redor murcha e os ramos caem,
junto com elas, ninfeio sopro deixa a luz do sol.
Tendo então meu filho perto, elas o alimentarão.
[Logo que for tomado da mui amorável juventude,]
[as deusas te conduzindo, a criança te mostrarão;]
E eu mesma apenas tenha nas entranhas isso passado,
no quinto ano virei de novo, trazendo meu filho.
Tão logo primeiro nos olhos vejas teu rebento,
e vendo-o te rejubilarás, pois semelhante aos deuses será,
e logo o levarás a Troia cheia de ventos.
Se algum dentre os homens mortais te perguntar
quem a teu querido filho no ventre carregou,
a ele lembra-te de dizer o que te ordeno:
diz que nasceu de uma roseada Ninfa,
das que habitam esta montanha plena de florestas.
Mas, se revelas e te vanglorias em teu insensato ânimo
de teres te unido em amor à bem-coroada Citereia,
Zeus iradíssimo raio fulminante te enviará.
A ti tudo disse: "em tuas entranhas pensando,
cuida de não me nomear, respeitando a divina ira".
Assim dizendo, projetou-se no vento.
Salve, deusa, senhora da bem edificada Chipre!
Tendo a ti hineado primeiro, a outro devo passar.

IV

VERSOS VISTOS

(Bia Wouk)

Musa, conta-me os trabalhos da multiáurea Afrodite,
a Cípria, que nos deuses desperta doce desejo,
que as greis dos homens mortais submete,
e as aves que voam no seu e as feras todas
quantas a terra nutre e quantas também o mar:
os trabalhos da bem-coroada Citereia a todos concernem.

Afrodite (vv. 1-6)

Guache sobre papel Arches, 2016.

... a filha de Zeus porta-égide, Atena de glaucos olhos,
pois não lhe agradam os trabalhos da multiáurea Afrodite
mas guerras, os trabalhos de Ares, embates e
batalhas lhe aprazem, de admiráveis trabalhos se ocupa.

Atena (vv. 8-11)

Guache e recorte sobre papel Arches, 2016.

2016

Jamais Ártemis aurifrecheira, a caçadora,
a ama-sorriso Afrodite submete ao amor,
a ela apraz o arco, o matar feras nas montanhas,
as liras, as danças e os agudos gritos,
os bosques sombreados e a cidade dos homens justos.

Ártemis (vv. 16-20)

Guache sobre papel Arches, 2016.

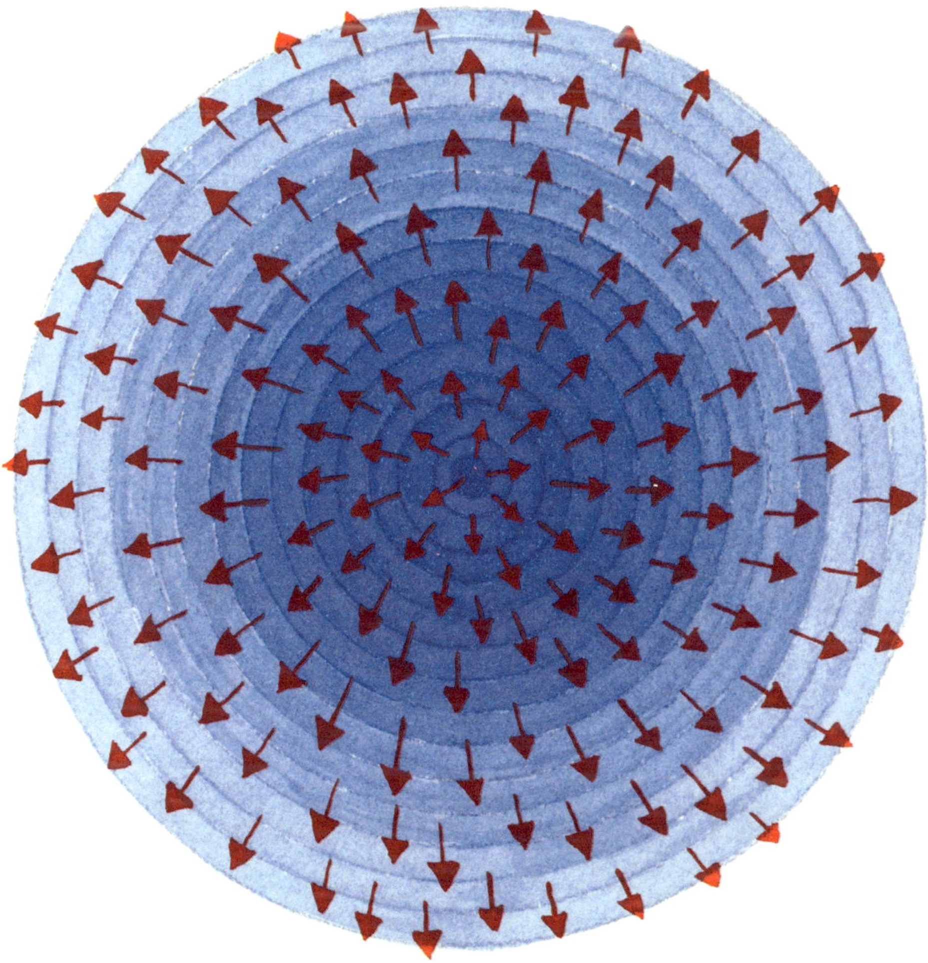

ia Kouk. 2016

... ou uma das Ninfas cujo lote têm nos belos bosques,
ou uma das Ninfas que habitam esta bela montanha,
as fontes, os rios e as verdejantes campinas.

Ninfas (vv. 97-99)

Guache sobre papel Arches, 2016.

A ela Zeus Pai, em lugar de núpcias, deu belo privilégio:
no centro da casa assenta-se, recebendo, dos dons,
só o grasso; em todos os templos divinos é honrada;
a todos os mortais respeitadíssima entre os deuses, ela é.

Héstia (vv. 29-32)

Guache e lápis de cor sobre papel Arches, 2016.

... conduziu até o espírito do frui-raios Zeus,
que é grandíssimo e de grandíssima honra partilha...

Zeus (vv. 36-37)

Guache e recorte sobre papel Arches, 2016.

Anquises desatou-lhe o cinto e as luzentes vestes
despiu, colocando-as sobre a cadeira em prata tacheada;
depois, por seu lote e por desígnio dos deuses
com imortal ele, mortal, se deitou sem bem o saber.

O Enlace (vv. 164-167)

Guache e recorte sobre papel Arches, 2016.

Bw
2016

... e as Graças a banharam e a ungiram com óleo
imortal, com que se cobrem os sempiternos,
e ambrosia fragrante só para ela preparada.
Toda vestida com belas e luminosas vestes,
adornada em ouro, a ama-sorriso Afrodite
precipitou-se sobre Troia, deixando a olorosa Chipre...

A Preparação (vv. 61-66)

Guache sobre papel Arches, 2016.

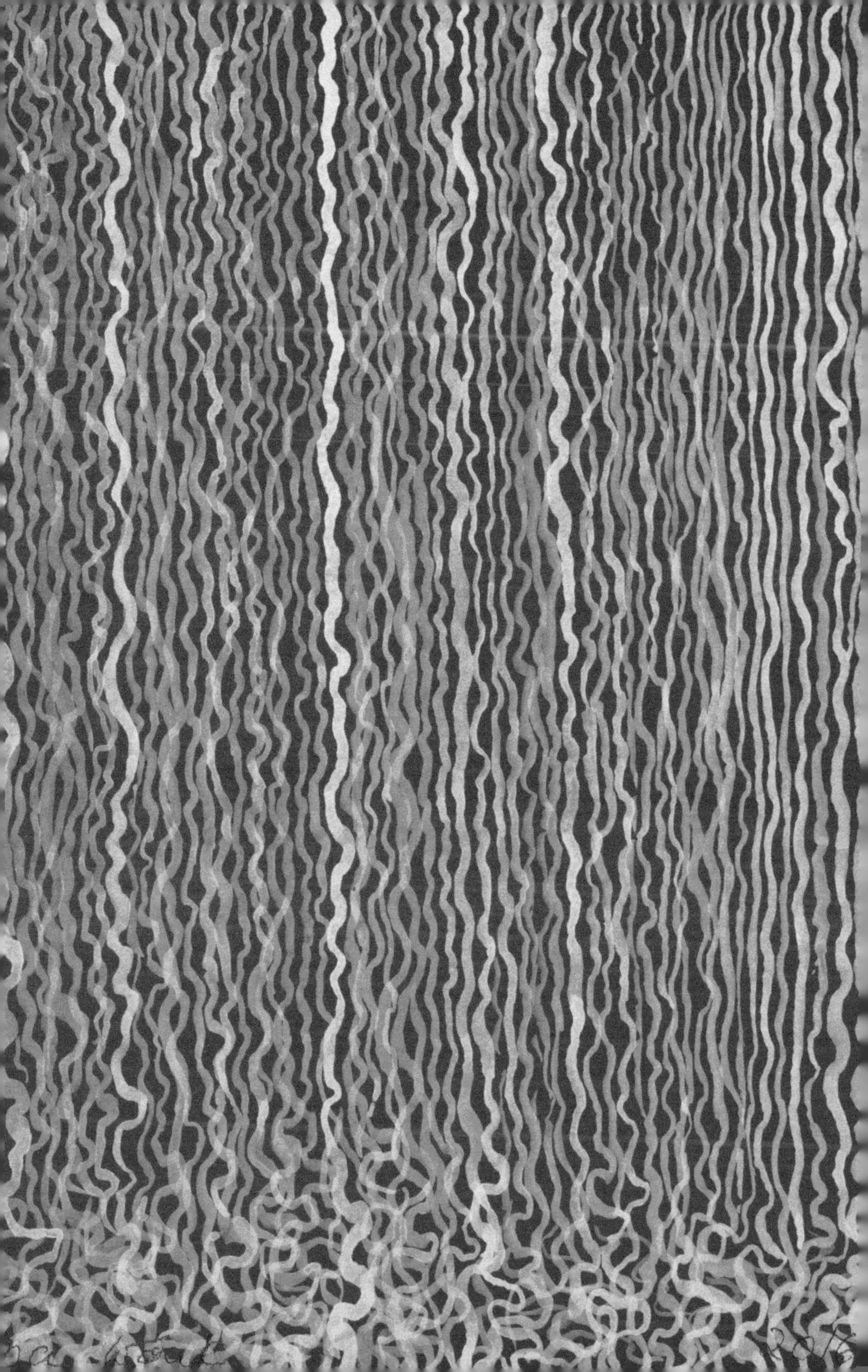

Ao leito de Anquises ele disse que eu seria chamada
virgem esposa e a ti filhos ilustres iria gerar.
Mas, tão logo a mim tivesse apontado e falado,
o poderoso Argifonte partiu para a grei dos imortais;
a ti eu vim: impeliu-me imperiosa necessidade.

O Engano (vv. 126-130)

Guache e lápis de cor sobre papel Arches, 2016.

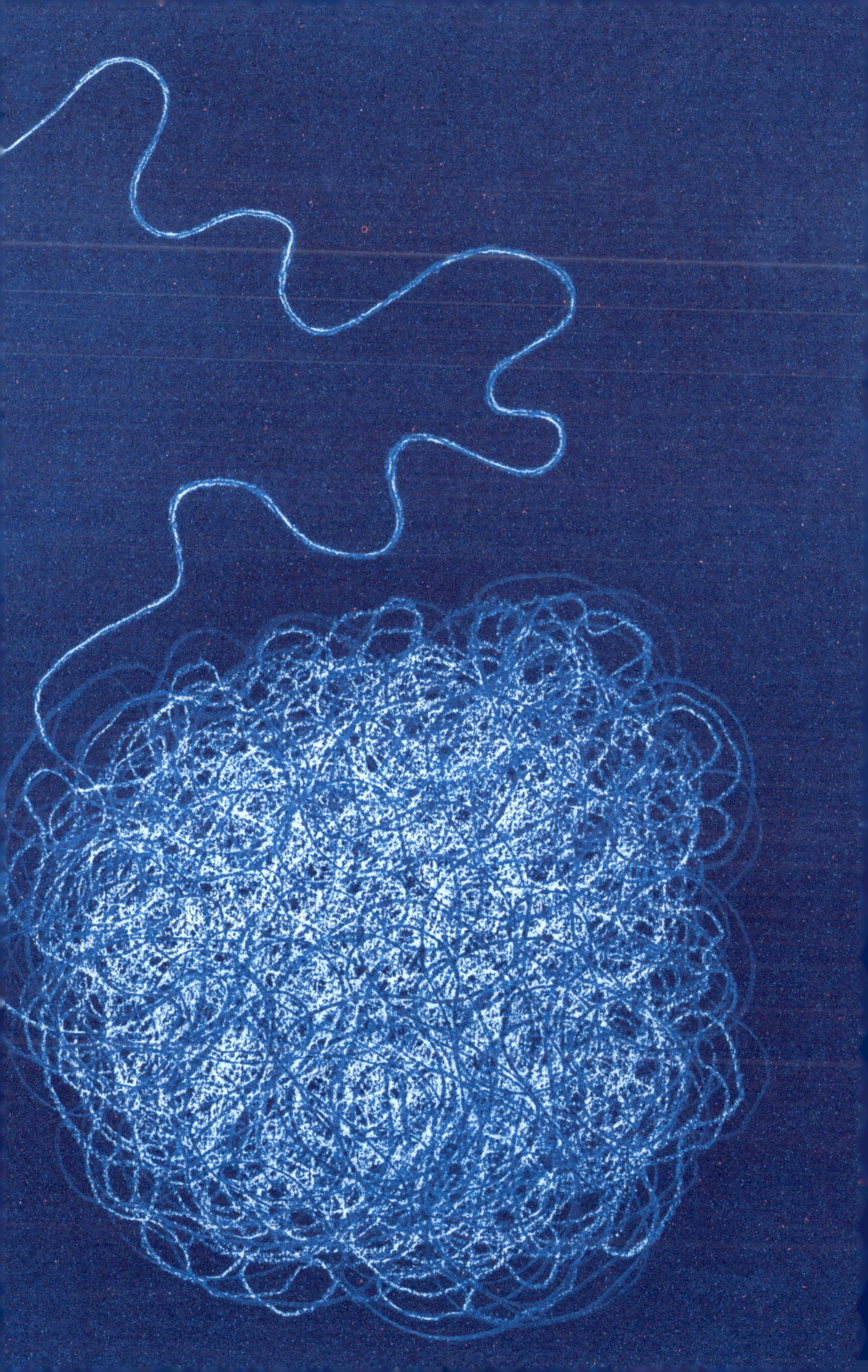

... ela sobre Anquises derramava sono doce e profundo
e se revestia com suas belas vestes.

O Doce Sono (vv. 170-171)

Guache sobre papel Aches, 2016.

2016

Assim disse e ele logo do sono saiu e obedeceu.
Quando de Afrodite viu o colo e os belos olhos
terror sentiu e o olhar volveu a lugar nenhum
e de novo as belas faces com a coberta cobriu...

O Despertar (vv. 180-183)

Guache e recorte sobre papel Arches, 2016.

Assim dizendo, projetou-se no vento.

Afrodite Parte (v. 291)

Guache e lápis de cor sobre papel Arches, 2016.

V

PEITHÓ: PERSUASÃO, SEDUÇÃO E PODER

ARTIMANHAS DA PERSUASÃO

Como punição pelo desrespeito ao deus Apolo, a profetisa Cassandra perde seu poder de persuasão; faz previsões corretas, porém, não tem mais a confiança de quem a consulta. Seus presságios, por mais verdadeiros e importantes que sejam, tornam-se inúteis, presos em sua própria intransitividade. A privação de sua capacidade de convencer resulta na perda do poder da sacerdotisa. *Peithó* (Persuasão) é uma divindade muito respeitada, além de onipotente entre deuses e homens. Apenas *Thánatos* (a Morte) pode resistir ao seu grande poder. Escolhemos o mito de Cassandra como ilustração para mostrar a relevância de *Peithó* nas relações sociais na Grécia antiga. "Persuadir é levar alguém a crer, pensar, querer fazer algo por uma adesão completa, sentimental e intelectual", afirmamos junto com Pirenne-Delforge[1]. O campo de ação privilegiado de *Peithó* é tanto a prática política quanto a prática erótica; observamos que, enquanto noção, seu sentido vai ser estabilizado apenas no século V a.C., quando se transforma em uma técnica a serviço da Retórica. Anteriormente, porém, *Peithó* já era uma deusa cultuada em diversas cidades. No fragmento 170 Nauck da *Antígona*, Eurípides diz que: "Não há outro santuário de *Peithó* que não seja o *lógos* e seu altar está no coração dos

1. V. Pirenne-Delforge, "Le Culte de la Persuasion", *Révrie de l'Histoire des Religions*, Paris, PUF, 1991, p. 394.

homens"[2]. Apesar da beleza da formulação do grande tragediógrafo, ela não dá conta das outras muitas e variadas ocorrências de cultos e de formas de agir da Persuasão, conforme as pesquisas de Pirenne-Delforge nos comprovam fartamente[3]. É Claude Calame[4] quem afirma que: "Da evocação visual até sua saciedade em leito macio, todas as etapas do desenvolvimento dos amores à grega são colocadas sob responsabilidade de Afrodite"[5], e mais adiante conclui: "[...] as chaves dos amores protegidas pela divindade encontram-se, na realidade, em mãos da Persuasão"[6]. Antes de nos debruçarmos sobre o HHA, vejamos o que outros autores, em outras épocas, disseram a respeito de *Peithó* e quais são suas características realçadas. Iniciemos por Homero.

Na *Ilíada*, vemos Nestor dirigir-se a Agamenão aconselhando-o a aquietar a "ira de Aquiles": "[...] Cabe-nos, pois, pensar como/ aplacá-lo com dons e fala-mel" (IX, vv. 112-113). Observemos, entretanto, que o que Haroldo de Campos traduziu por "aplacar" é, em grego, a palavra *pepíthoimen* (do verbo *Peítho*)[7]. Nesses versos, o que se evidencia é um dos modos de agir da Persuasão: usando palavras agradáveis e aduladoras. Sabemos também que a Persuasão pode prescindir das palavras. Na *Medeia* de Eurípedes, a protagonista diz: "[...] Dádivas persuadem até os deuses,/ o ouro pode mais que mil razões entre os mortais" (vv. 964-965), na tradução de Jaa Torrano[8]. Acrescentamos a versão de James Morwood a estes versos euripidianos na qual *lógon* é traduzida como *words*, assim, "[...] they say that gifts persuade even the gods./ Gold has more power with men than an infinity of words"[9]. Traduzir *lógos* por *word* põe mais luz em nosso ponto, daí apresentarmos esta segunda tradução.

2. R. Kannicht, *Tragicorum Graecorum Fragmenta*, v. 5.1, pp. 261-312.
3. V. Pirenne-Delforge, *L'Aphrodite Grecque*, pp. 399-411.
4. C. Calame, *Variations Énonciatives, Relations avec les Dieux et Fonctions Poétiques dans les Hymnes Homériques*, p. 26.
5. *Idem*, p. 26.
6. *Idem*, p. 28.
7. H. Campos, *Ilíada de Homero*, p. 335.
8. Jaa Torrano, *Hesíodo. Teogonia: A Origem dos Deuses*, p. 85.
9. J. Morwood, *Euripides: Medea and Other Plays*, p. 57.

Em *As Traquínias*, de Sófocles, quando o coro canta a esperança da volta de Héracles todo amoroso aos braços de Djanira, o poeta se refere ao "unguento de Persuasão" com que estaria ungido o amado. Aqui a natureza da Persuasão é mágica, tem valor de feitiço. Da mesma forma, funciona o cinturão de Afrodite emprestado a Hera para que distraia a atenção de Zeus dos combates e, dessa maneira, ele se deixe enredar pelos trabalhos de Afrodite (*Ilíada*, XIV, vv. 169-172).

A Persuasão que dispensa as palavras pode resultar não só dos presentes aduladores e dos feitiços, mas também do maravilhamento provocado pela visão, caso dos adereços e do embelezamento do corpo no episódio da *toilette* que Afrodite empreende em seus domínios, em Pafos (HHA, vv. 58-68). Guirlandas de flores, colares, perfumes são igualmente instrumentos de sedução, de persuasão. *Peithó*, que se traduz por "Persuasão" e que, quando transportada para a esfera amorosa, passa a se identificar como "Sedução". Vale conferir a reflexão feita por Pirenne-Delforge, em que ela afirma que *Peithó* é o nome genérico da estratégia que suscita o desejo e, acrescentaríamos nós, a necessidade[10].

Há, porém, uma pequena diferença a ser apontada entre "Persuasão" e "Sedução". Ambas supõem a participação do destinatário naquilo que está sendo proposto pelo sujeito. Entretanto, no segundo caso, a postura do destinatário é bem mais passiva. Persuasão carrega a ideia de concordância e não de disputa, e, igualmente, de sociabilidade, em oposição à força tosca, à selvageria e, ainda, a ideia de humanidade em oposição à animalidade. *Peithó* situa-se sempre do lado da Cultura, e não da Natureza. Por fim, podemos afirmar que a ideia que está diametralmente oposta à de Persuasão é a de Violência. Curiosamente (mas não por acaso...), a palavra "seduzir", em português, se origina no verbo latino *seductio*, que significa "sair do caminho", "desviar", portanto, supõe a existência de uma estratégia astuciosa, enquanto que "persuadir" se utiliza do caminho "reto" (não o desvio), empregando a astúcia do raciocínio.

10. V. Pirenne-Delforge, *L'Aphrodite Grecque*, p. 391.

Na *Teogonia* (vv. 349 e ss.), Hesíodo nos adverte que *Peithó* é uma das três mil Oceanidas, filhas de Téthis e Okéanos, sendo, portanto, irmã de *Ploutó* (Riqueza), de *Métis* (Astúcia) e de *Tykhé* (Acaso), mas também aparentada, por parte de pai, a Ambarina, que desposa *Tháumas* (o Espanto). Ora, a família, em que ela se insere, é bastante sinalizadora e nos dá muitas pistas para compreendê-la melhor. A Persuasão tem, assim, muita proximidade com a Astúcia, a Riqueza, o Acaso e mesmo com o Espanto... É, ainda, nos poemas hesiódicos, que aprendemos que a Persuasão integra o ilustre séquito de Afrodite. Comitiva próspera e abonadora, composta também de outras divindades que são verdadeiros "desdobramentos" da fascinante natureza da deusa: *Eros* (amor/princípio de união), *Hímeros* (o Desejo), as *Khárites* (as Graças) e as *Hórai* (as Horas). Não é apenas dessa caprichada comitiva que ela é acompanhada, na *Teogonia* (vv. 192-210). Verificamos que ela desfruta também da companhia de outras divindades, que, na partilha do universo, lhe foram destinadas: os Sorrisos (*meidémata*), o Doce Gozo (*térpsis glykerá*), as Conversas de moças (*partheníoi oároi*), a Afeição/Amor/Amizade (*philóteta*), a Meiguice (*meilikhíen*) e os Enganos (*Exapátai*). Este é o meio em que ela se movimenta e devemos lembrar que todos esses dados fazem parte do repertório mítico conhecido pelos gregos dessa época[11].

Em Pausânias[12], há uma descrição da estátua de Zeus feita pelo grande Fídias. Na base dessa representação, há uma imagem em alto-relevo do nascimento de Afrodite, na qual ela está sendo acolhida por Eros e pela coroada *Peithó*. No HHA, *Peithó* aparece em seus dois campos privilegiados de atividade: nos diálogos entre Anquises e Afrodite, como recurso "retórico" e, enquanto Sedução amorosa, no jogo erótico que ela arquiteta para obter a anuência de Anquises aos seus propósitos. Verificaremos ao longo da leitura deste hino que são da natureza de Afrodite os modos persuasivos e não o uso da força de coerção. No epi-

11. O séquito de Afrodite aparece comentado no sexto capítulo deste livro.

12. Pausânias, *Description of Greece*, (v, 11.8).

sódio da sedução de Anquises (vv. 81-90 e 108-142), o que observamos é exatamente isso; entretanto, no final do poema (vv. 281-290), o belo troiano é coercitivamente ameaçado de morte pela deusa, por meio do raio fulminante de Zeus, caso ele a desobedeça.

Curiosamente, *Peithó*, com maiúscula, enquanto divindade, não aparece explicitamente nos versos do *HHA*. O que vemos é apenas a forma verbal *Peítho*, como, por exemplo, no verso 7: "Três corações ela não pode persuadir ou enganar". Se, como vimos anteriormente, "Persuasão" se opõe à força, à disputa, à violência, aqui no verso 7, ela aparece contrastando com o verbo *apatáo* (enganar), o que a nós parece sugerir novamente que ou se conta com a anuência do destinatário a ser alcançado ou com a passividade dele. Assim, ao verificarmos esses dois verbos, percebemos a extensão de sua ineficácia em se tratando das deusas virgens do panteão, Atena, Ártemis e Héstia. Contra elas (ou a seu favor...), o principal poder de Afrodite é completamente anulado. Desse modo, percebemos que, logo no início do poema, se coloca a questão do poder dessa deusa, e mais, de seu poder excessivo na forma como os deuses estão divididos em suas áreas de influência e nas quais eles exercem sua jurisdição. Até Zeus ela pode submeter. Seus trabalhos a todos concernem, deuses, homens e animais.

COMO *PEITHÓ* SE MOVIMENTA NO *HHA*?

Vejamos inicialmente como a deusa consegue causar assombro e fascínio em Anquises pelo impacto visual de sua presença. Logo que Zeus "[...] no ânimo pôs doce desejo / de se unir a um homem mortal, [...]" (vv. 45-46) e, ainda, o fez "[...] para que ela não evitasse o leito mortal, e, rápido foi, / e, quando junto dos deuses, não mais pudesse ela, / a ama-sorriso Afrodite, com atrevido sorriso, gabar-se / de induzir à união deuses e mulheres mortais" (vv. 47-50). Assim, o pai dos deuses e dos homens lança-lhe o doce desejo por Anquises e nela provoca uma profunda alteração: "Logo que o viu, a ama-sorriso Afrodite, em amor / redemoinhou com assombroso desejo no coração" (vv. 56-57).

Com essa arrebatada disposição, ela vai a Chipre, a seu perfumado templo de Pafos. Nesse trecho do poema, uma copiosa qualificação discursiva, ligada aos cinco sentidos, começa a ser empregada. Assim, o templo e o altar são perfumados, as portas do templo são resplandecentes, as Graças banham-na e a envolvem em óleo imortal e em perfumada ambrosia. Suas vestes são belas e luminosas, seus adornos são de ouro, seu manto, mais luminoso que o fulgor do fogo e em seu colo delicado estão belíssimos e espiralados colares e flores luminosas: seus adornos luzem como a lua. Toda ela é um deslumbramento para se ver, e também para se tocar, ouvir e sentir o perfume. Os aromas sedutores do incenso e do perfume estão presentes durante esse preparo competente[13].

O episódio da *toilette* de Afrodite diz quase que literalmente o que encontramos nos versos da *Ilíada* (XIV, vv. 171-178), relativos ao embelezamento de Hera, antes de ir seduzir o próprio esposo, Zeus. A preparação esmeradíssima da Cípria pode perfeitamente evocar o preparo a que se submete um guerreiro antes de uma batalha[14]. Os *Érga Aphrodítes* (os Trabalhos de Afrodite) são análogos a duas outras importantes atividades humanas e divinas: a guerra e a caça. A sedução, como a guerra e a caça, exige cuidadosa arquitetura. Afrodite gosta de perseguir, preparar armadilhas e mesmo humilhar as vítimas de suas magias, filtros e encantamentos, podendo levá-las à impotência (*amekhanía*)[15].

Quando a deusa aparece à frente de Anquises, já completamente "preparada" para o evento da sedução, é ele, aturdido com o que vê, quem primeiro fala, fazendo-lhe uma saudação respeitosa, imaginando tratar-se de uma divindade. "Eros tomou Anquises", lemos no verso 91. O desejo não se origina nele, o desejo o toma (*éros eílen*), ele é capturado pelo desejo e isso lhe desata a língua. Nesse tipo de sujeição, o homem é semelhante aos deuses e aos animais, mas, diferentemente dos animais, pode controlar seu apetite sexual, sem que seu desejo o leve à

13. M. Detienne, *Mestres da Verdade na Grécia Arcaica*, p. 175.
14. P. M. Smith, *Harvard Studies in Classical Philology*, p. 41.
15. M. Detienne e J.-P. Vernant, *Métis: As Astúcias da Inteligência*, p. 253.

necessidade da imediata consumação. Como diz Strauss-Clay, Anquises está sujeito aos escrúpulos e constrangimentos de ordem social ou religiosa[16]. Deuses, homens e animais copulam, entretanto, a arte da sedução distingue os dois primeiros dos animais.

A primeira aproximação que ele faz em relação à deusa se dá pela fala, ele se dirige à desejável desconhecida como se ela fosse uma divindade:

> Salve, senhora! que bem-aventurada vens a esta casa!
> Ártemis ou Letô ou a áurea Afrodite ou
> Têmis bem-nascida ou Atena de glaucos olhos,
> ou talvez vieste, uma das Graças, as que a todos
> os deuses acompanham e são chamadas imortais,
> ou uma das Ninfas [...] (vv. 92 e ss.).

A enumeração das divindades possíveis de estarem ali presentes aponta para o fato de ser ele pio e respeitoso, mas também realmente ignorante a respeito da identidade da deusa. De qualquer modo, desconfiado, ele prefere "pecar por excesso" de precaução. Sua fala tem características de uma piedosa prece, prometendo à deusa um altar em lugar notável e, na sequência, ele faz um pedido que corresponde à última parte de sua oração:

> [...] Mas tu tendo ânimo afável
> dá-me que seja homem notável entre troianos
> e concede no futuro florescente estirpe e que eu
> viva por um bom tempo vendo a luz do Sol, afortunado
> entre minha gente e que atinja da velhice o umbral! (vv. 102-106).

Assim, ele segue as regras do "como" se deve dirigir-se a uma divindade. A prece de Anquises nada tem de inapropriado para qualquer

16. J. Strauss-Clay, *Politics of Olimpus, Form and Meaning in the Major Homeric Hymns*, pp. 152-169.

mortal em tal situação[17]. É a oração de um homem moderado e sensível que reconhece estar à frente de um ser que lhe é superior, além de também reconhecer as limitações da condição humana. Strauss-Clay, na interessante aproximação com os mitos de Íxion e de Órion e seus apetites "descontrolados", acaba por evidenciar o caráter de Anquises e sua piedade.

Logo em seguida (vv. 108-142), é a deusa que prontamente lhe responde. Nesse ponto, convém lembrar que a esposa de Hefesto é antes de mais nada "uma potência de astúcia e de engano"[18], como essa primeira fala dela nos deixa perceber. Preocupa-se em esclarecer de imediato que o troiano está equivocado e que ela é uma simples mortal, cujos pais são de nobre estirpe; porém, humana, cuidadosa com a verossimilhança do relato, chega ao requinte de explicar por que é bilíngue. Nos versos 131 e 132, ela não se esquece de lisonjeá-lo com a apreciação a respeito da nobreza dos pais dele, mostrando sua tentativa de conseguir uma disposição favorável à sua solicitação. Movimento que, séculos mais tarde, a Retórica nomearia de *capitatio benevolentia*. Quanto aos elementos que poderíamos chamar de "retóricos" nos discursos de Afrodite neste hino, vale conferir o instigante volume de R. A. Knudsen sobre os discursos homéricos e as origens da Retórica[19]. Ao final dessa fala, a deusa narra as circunstâncias em que Hermes a raptou e o que esse deus lhe teria dito em relação à sua própria união com o príncipe troiano, para terminar com estes versos: "Tendo isso feito, celebre as desejadas núpcias/ honradas tanto por homens quanto por deuses imortais" (vv. 141-142).

Este primeiro discurso de Afrodite nos evoca os versos da *Teogonia*, quando as Musas ensinam a Hesíodo a natureza da poesia e, igualmente, da ficção que elas sabem e podem criar: "sabemos muitas mentiras dizer símeis aos fatos/ e sabemos, se queremos, dar a ouvir revelações" (vv. 27-29)[20].

17. *Idem*, p. 174.
18. M. Detienne e J.-P. Vernant, *Métis: As Astúcias da Inteligência*, p. 253.
19. R. A. Knudsen, *Homeric Speeches and the Origins of Rhetoric*, pp. 104-134.
20. Jaa Torrano, *Hesíodo. Teogonia: A Origem dos Deuses*, p. 107.

Esses dois versos hesiódicos colocam primorosamente a problematização sobre as relações entre Verdade, Mentira, Realidade, Verossimilhança. Ora, na primeira alocução de Afrodite, é isso que está em jogo: ela constrói seu argumento em cima de mentiras bem urdidas e extremamente verossímeis. Ela cria uma ficção que servirá para ajudar a persuadir o príncipe Anquises a pôr um arremate a seu intento.

Todo o empenho da deusa vai garantir que se cumpra seu projeto, mas, ironicamente, ela garante também, sem ter consciência, que se cumpra a vingança de Zeus contra ela. É com esta fala de Afrodite que o belo troiano se dá conta das credenciais de jovem núbil, de proveniência real, criada para se adequar às normas aristocráticas, além de ser extraordinariamente bela e desejável. Nesse sentido, apontamos o fato de ela escolher muito bem seu eficiente vocabulário. Com a descrição do rapto perpetrado por Hermes, ela sugere a ideia de abuso e, com certa insistência em suas características de jovem pronta para a primeira união sexual, acaba por deixar no ar a sugestão da temática erótica com a qual pode habitar o imaginário do jovem príncipe troiano.

Outra questão que podemos destacar é que ela tenta mostrar-se como o elo mais fraco do par e ele, por conseguinte, acaba por se compreender e se apresentar como o mais forte[21]. Da forma como está apresentado, o enlace não deve ser temido por Anquises. Observemos também que essa fala dela está repleta de ironias, principalmente se nos lembrarmos que os ouvintes deste Proêmio sabiam perfeitamente quão falsas eram as narrativas da deusa. Assim, vemo-la mencionar diversas vezes sua condição de virgem e pedir a ele que a apresente como "virgem, inexperiente no amor" (v. 133) a seus pais e a seus irmãos. Ou, ainda, quando ela solicita a ajuda dele para avisar seus pais na Frígia sobre sua atual situação, pois sua mãe deveria estar muito preocupada com sua ausência e eles, cientes das núpcias, enviariam presentes e "vestes prodigamente tecidas em ouro" (v. 139). A ironia também a percebemos quando a deusa parece tomar as providências todas dentro das con-

21. J. Strauss-Clay, *Politics of Olimpus, Form and Meaning in the Major Homeric Hymns*, p. 177.

venções sociais que regram um casamento, sendo sabido que ela não patrocina o casamento legítimo que envolve uma troca cheia de regras entre duas famílias, mas, sim, é a *patronnesse* das ligações sexuais.

Esse discurso de Afrodite é um *capolavoro* do emprego elegante da mentira para se obter o que se deseja. Elementos de Persuasão são verificáveis no que concerne ao vocabulário, ao modo como são colocadas as partes do discurso e na forma como ela pretende conseguir a *capitatio benevolentia*: por sua extrema beleza e por sua humildade. Desde a primeira fala de Anquises até o final desse discurso da deusa, percebemos que a problemática central advém do fato "não natural" da união de um humano e um deus. Afrodite satisfaz seu desejo de uma união efêmera com Anquises por meio de uma bem tramada armadilha que vai se completar no autoengano dele. A deusa movimenta-se com competência em suas áreas de ação: o desejo e a sedução. É aí que ela apresenta sua infalível eficiência. Ao mesmo tempo que ela mostra sua desenvoltura nesses assuntos, os desígnios de Zeus são cumpridos. Sua meta era humilhar Afrodite e fazê-la desistir de induzir novamente essas uniões mistas, para que nenhum outro semideus fosse gerado nessas relações que expõem a mortalidade à imortalidade. O objetivo de Zeus é puni-la por seu excessivo poder e também para fazer um ajuste na partilha dos lotes que cabem a cada deus do panteão.

No verso 145, Anquises retoma a palavra para afirmar que se ela é "somente" humana, filha do ínclito Rei Otreu, ele não vai esperar nem mais um instante para subir ao leito com essa mulher de extraordinária beleza. Ele diz que, diante das informações que ele acaba de saber, nenhum homem ou deus o deterá: "agora nenhum dos deuses nem dos homens mortais/ aqui me deterá antes que em amor me una a ti" (vv. 149-150).

Seu desejo é tal que nada vai impedi-lo de se unir a Afrodite, nem mesmo a morte, como vemos nos seguintes versos:

> E mesmo se o próprio Arqueiro Apolo
> lançasse do argênteo arco funestas flechas,

> eu aceitaria – ó mulher semelhante às deusas – descer
> à morada de Hades, depois de subir ao teu leito (vv. 151-154).

Assim se consuma a união entre uma deusa que se faz passar por uma mortal e um homem que carrega a beleza dos deuses em uma aproximação que só é possível por uma sequência de artimanhas bem arquitetadas por Afrodite, que, por sua vez, é aprisionada pela armadilha engendrada por Zeus.

VI
O SÉQUITO DE AFRODITE

DIVINDADES

Tanto quanto os epítetos, o séquito de uma divindade nos informa a respeito de sua natureza, de seus atributos, de sua *Timé* (honra, dignidade e modos de honrá-la). Nos poemas de Homero e Hesíodo e nos *Major Hinos Homéricos*, muito aprendemos sobre Afrodite, verificando e analisando seus epítetos. Nesses dois primeiros autores, grande parte desses epítetos se relaciona à organização do Olimpo e à cosmologia *in fieri*. Entre suas alcunhas mais frequentes, destacamos a "Cípria", a "Citereia", a "Ama-Sorriso", a "Multiáurea", a "Bem-Coroada" etc. Ora, ao perfil que aí podemos ver delineado, acrescentamos informações sobre suas formas de agir, que, no caso desta deusa, podemos colher, em claras indicações, no *Hino Homérico* V, a ela dedicado, e também em alguns trechos da *Ilíada* e da *Odisseia*. A todos esses dados aí recolhidos, adicionamos seu primoroso séquito.

É na *Teogonia* e em *Os Trabalhos e os Dias* que esses acompanhantes nos são apresentados, e assim eles aparecem: *Eros* (*Teogonia*, v. 201), *Hímeros* (*Teogonia*, v. 210), *Khárites* (HHA, v. 61), *Hórai* (*Érga*, v. 75), *Peithó* (*Érga*, v. 73). Em um primeiro momento, podemos traduzir os nomes dessas divindades por Amor, Desejo, Graças, Estações e Persuasão, respectivamente. Algumas outras entidades participam também desse grupo, como já dissemos: *Partheníous Oárous* (*Teogonia*, v. 205), *Exápatas* (*Teogonia*, v. 205), *Meidémata* (*Teogonia*, v. 206), *Térpsis Gly-*

kerá (*Teogonia*, v. 206), *Philóteta* (*Teogonia*, v. 206), *Meilichíe* (*Teogonia*, v. 206). Entidades que, utilizando as traduções de Jaa Torrano em *Teogonia: A Origem dos Deuses*[1], podem ser vertidas para o português como "conversas de mocinhas", "enganos", "sorrisos", "doce gozo", "afeto" e "meiguice", de cuja companhia Afrodite igualmente desfruta; entretanto, consideramos como componentes de seu ilustre séquito apenas as cinco divindades inicialmente enumeradas.

Antes do exame de cada uma dessas divindades, vale fazermos algumas considerações sobre o sentido de *mito*. Como sabemos, embora se situe na área da ficção, da mentira, do engenho, do engano e do fantasioso, o mito está profundamente comprometido com a verdade. Não apenas com a verdade da sociedade que o cria, mas também com um universo muito mais abrangente. Assim, o mito explica a realidade e a organiza. No verso de Fernando Pessoa, "O mito é o nada que é tudo"[2].

Os deuses – nos mitos gregos – são, inicialmente, seres que encarnam forças genéricas que, ao longo do tempo, vão se particularizando, especializando-se em determinadas funções. A figura de Afrodite, por exemplo, tem características e funções presentes na literatura do período arcaico, as quais nem sempre se identificam com as que encontramos na Poesia Mélica, que lhe é posterior. Passemos, a seguir, ao exame das divindades do cortejo de nossa deusa!

EROS E *HÍMEROS*

Na *Teogonia* (vv. 188-206), quando nos é relatado o nascimento de Afrodite, da combinação da espuma do mar e do esperma que ejaculava do recém-ceifado pênis de Urano, as primeiras divindades que aparecem são *Eros*, que a "acompanha", e *Hímeros*, que, "belo", "a segue", pois, tão logo nasce, ela se dirige para a grei dos imortais. Entretanto, observamos que, anteriormente, neste mesmo poema (vv. 116-122), Eros é colocado

1. Jaa Torrano, *Hesíodo. Teogonia: A Origem dos Deuses.*
2. Fernando Pessoa, *Ulisses*, p. 23.

como uma das quatro divindades primordiais, logo após Caos, Terra e Tártaro. Nesses versos, ele é reputado ser "o mais belo entre os imortais", nomeado como o "solta-membros" e "aquele que doma no peito o espírito e a prudente vontade". Ele não é apenas anterior a Afrodite, como também sua ação se situa antes da distinção clara entre os sexos.

Só após a castração de Urano e o nascimento de Afrodite, é que Eros inicia sua ação, que acontece logo que se instala a separação entre o sexo feminino e o masculino (etimologicamente, "sexo" contém a ideia de separação), e o ato sexual passa a ter um caráter criador, sendo que de dois seres diferentes surge um terceiro, diferente de seus genitores, apesar de sempre guardar algumas de suas características. A cópula incessante e confusa de Urano e Gaia não mais acontecerá; assim é que o papel de Eros nessa organização não será o de presidir o acasalamento, mas o de colocar luz – manifestá-lo – na obscuridade em que essas entidades primordiais e seus acasalamentos acontecem, naquilo que, de certo modo, fica "escondido", para citar Vernant[3].

Nessa tradição, da qual Hesíodo é uma testemunha e um articulador, cabe a Afrodite o poder da atração erótica, da sedução, enquanto que Eros é a potência que aproxima e que une, a potência do desejo enquanto pulsão cósmica. Afrodite é a atração erótica provocada pela beleza, pelo encantamento, pelos adornos e por outros artifícios e astúcias. Em relação a Eros, ela surge em outro momento da cosmogonia grega antiga, como nos informa sua literatura; ela já aparece como uma forma bem mais elaborada da pulsão erótica.

Conforme já apontamos anteriormente, desde as potências primordiais, passando pelos Titãs e chegando à organização do Olimpo, podemos verificar que todas essas divindades vão se transformando e tendo características mais definidas. Isso, obviamente, é válido para Urano, o Céu em seu primeiro estado, para Gaia, a terra sem forma precisa, apenas nomeada como a "de amplo seio", válido igualmente para o Tártaro,

3. *Apud* C. Calame, *Variations Énonciatives, Relations avec les Dieux et Fonctions Poétiques dans les Hymnes Homériques*, pp. 22-29.

"nevoento" e localizado no "fundo do chão", e também para o primeiro de todos, Caos, o indeterminado por natureza.

Eros desde o início é uma potência, tem poder. A partir do nascimento de Afrodite, esse poder também começa a modificar-se, deixando de ser uma pulsão simples e ampla para ir definindo-se gradativamente até estender seus domínios ao espaço público. Claude Calame, na "Introdução" ao seu *Eros na Grécia Antiga*[4], mostra esse deus enquanto poder gerador, organizador e estimulador da sociedade grega, desenvolvendo uma relação de complementaridade com Afrodite.

Já no período arcaico da literatura grega, a esfera lexical da qual participam os vocábulos que traduzimos por "amor" e "desejo" é tão abrangente quanto oscilante no que diz respeito às equivalências de seus significados. Como aponta Calame, em Homero, podemos constatar que esses termos, além de constituírem um alentado vocabulário, devem ser analisados em seus contextos específicos para nos aproximarmos, com mais exatidão, dos sentidos de cada um deles.

É também nesse extraordinário estudo de Calame que podemos apurar a oscilação existente entre as palavras desse léxico e seus significados. Na *Ilíada* (III, vv. 441 e ss.), quando Páris, após ter sido derrotado fragorosamente por Menelau, reage ao insucesso procurando Helena, propondo-lhe que juntos se esqueçam das aflições da guerra, deitando-se em leito acolhedor para ambos fruírem o prazer erótico. Esta alegria partilhada pelos dois é assinalada tanto pelo uso do dual no convite feito, como pelo emprego do termo *philótes*, que designa o tipo de relação que está sendo consumada. Objeto do desejo suscitado por Helena (*sèo éramai*), Páris não é a única "vítima" da doce paixão que o arrebatou (*me hímeros haireí*). Desejo amoroso com o foco sobre o sujeito, mas cuja satisfação se orienta por uma relação de reciprocidade, pela *philótes*[5].

4. *Idem*, p. 25.
5. *Idem*, p. 34.

Outro exemplo encontramos na *Odisseia* (XXIII, vv. 254 e ss.), quando é relatado o episódio em que Odisseu convida Penélope para juntos desfrutarem do doce sono após o gozo da *philótes* tão desejada (*erateíne*). Esse fato ocorre ao mesmo tempo em que os esposos trocam prazerosamente meigas palavras. Nesse caso, as delícias do erótico se unem ao deleite das palavras; aqui, o verbo empregado nos dois casos é *térpein* (ter prazer/ter satisfação), apontando a proximidade do prazer nos jogos amorosos e nos encantos da poesia. Apoiados ainda em outros exemplos, deduzimos que, na maior parte das vezes, a palavra *philótes* aparece na épica indicando que o gozo erótico é experimentado pelos dois parceiros. Formalmente, a "reciprocidade do prazer" se verifica quando o emprego do dual aparece em contextos em que há palavras como *euné* (cama), *lékhos* (leito) e *hýpnos* (sono).

Vale também assinalar um episódio do *Escudo* (vv. 15-30), atribuído a Hesíodo[6], em que a palavra *póthos* aparece com o sentido de desejo erótico. Trata-se do episódio do reencontro de Anfitrião e sua esposa. Após muitos anos afastados dos prazeres conjugais, ele é arrebatado pelo desejo (*póthos*) e vai diretamente ao leito de sua esposa, onde, juntos, desfrutam os dons de Afrodite (*térpesthai* [...] *dóra Aphrodítes*). O sentido habitual desse vocábulo é o de "falta", "desejo por uma pessoa ausente". É raríssimo encontrá-lo na acepção que está acima apontada. Então, a *Eros* e a *Hímeros*, acrescentamos *Póthos*.

Ainda a esta amostragem, podemos adicionar o famoso e já citado episódio da *Ilíada* (XIV, vv. 292 e ss.), passagem em que Hera consegue coagir Zeus, seu esposo, a se desinteressar pelo campo de batalha e o seduz por meio de adornos e astúcias conseguidos junto a Afrodite. Zeus, quando vê Hera no alto do Monte Ida, tem seu diafragma envolto pelo desejo (Eros), conforme a famosa expressão épica. Aqui é de *Térpsis* que se trata; prazer dividido entre ambos, sobre o leito macio; o gozo obtido (*térpsis* e *philótes* com o dual) para satisfazer um desejo (*híméros* e *éramai*) do qual Zeus é ao mesmo tempo sujeito e objeto. Ao narrador, esta

6. *Idem*, p. 35.

união apaixonada lembra a primeira vez em que os esposos partilharam o mesmo leito (*emísgesthen philóteti eunén phoitónte*). Por outro lado, a Zeus, o que lhe vem à memória (uma espécie de "preâmbulo" que valoriza ainda mais o enlace presente) são suas relações com outras deusas e com mortais, uniões desprovidas da *Philótes*. Como sabemos, para provocar o desejo em Zeus, Hera conta com os dons (*dóra*) de Afrodite a enfeitar sua aparência (*eídos*). Não é excessivo observarmos aqui que, dentre as características da *Philótes*, se deva destacar o fato de ser filha da Noite (*Nýx*)[7], sem nenhum conúbio. Esse dado pode sinalizar que ela, irmã do Engano (*Apáte*), participa de uma vizinhança obscura e guarda disso aspectos não tão luminosos.

Assim, além do sentido mais usual de "princípio de união" ou "pulsão erótica", *Eros* toma também o sentido de "desejo", da mesma forma que *Hímeros*. E, ainda que mais raramente, observamos também que *póthos* e *éldomai*, dependendo das outras palavras do contexto, têm também o mesmo significado de "desejo". Algumas palavras têm papéis muito relevantes no teatro da sedução – não apenas nos relatos do período arcaico –, isso se dá tanto em seu valor persuasivo quanto em sua capacidade de encantamento. A melhor exemplificação para esse ponto é justamente os discursos de Afrodite no *Hino Homérico V*, quando, vítima e artífice de seus próprios poderes, ela se apresenta com seu *eídos* (forma/corpo) belissimamente adornado com joias, flores e perfumes, e a isso tudo acrescenta palavras repletas de astúcias e mentiras. Com um discurso muito bem urdido, ela o ilude, dizendo-se humana e destinada ao seu leito como sua esposa e, tendo terminado tudo o que queria dizer a ele, coloca-lhe no ânimo o doce desejo. Todos esses artifícios estão a serviço de *Peithó*, isto é, da Persuasão, de que ela necessita para obter seu intento. Ao falarmos sobre *Hímeros*, vamos percebê-lo como um dos termos desse vocabulário tão fértil quanto hesitante, no que tange a seus significados.

7. Jaa Torrano, *Hesíodo. Teogonia: A Origem dos Deuses*.

Claude Calame observa que, apesar das ousadias semânticas de Platão, o filósofo situa, com propriedade, *Hímeros* e *Póthos* na mesma "vizinhança" de *Eros*. O estudioso esclarece que *Hímeros* se refere a um desejo mais carregado, mais próximo de sua consumação. E ainda acrescenta: "Se doce, ele golpeia, estrangula e consome os próprios órgãos do sentimento, o diafragma, o coração e o peito"[8], apontando que ele se identifica também com o desejo dos jovens. Nessa poesia, *Hímeros* é apresentado como desejo irresistível, que exige imediatez em sua satisfação. Esse tipo de desejo, na poesia arcaica, está completamente comprometido com a mediação da deusa Afrodite. Por fim, observamos ainda que há na literatura grega inúmeras metáforas para significar a saciedade do desejo erótico e este tema, certamente, vale uma outra pesquisa...

AS *KHÁRITES* E AS *HÓRAI*

Há, na mitologia grega, diversos grupos de divindades femininas que desempenham, em conjunto, atividades determinantes na organização do universo dos deuses, como nos indica Clémmence Ramnoux[9]. Dentre essas deidades, destacamos as que, sendo filhas de Zeus, garantem, inclusive, o bom governo da *pólis*. São elas, as Graças (*Khárites*), as Horas (*Hórai*) e as Musas (*Mousai*). Esses coros de divindades femininas estão ligados de modo bem peculiar. Vemos, na *Teogonia* (vv. 886-916), que a mãe das Musas (*Mousai*) é a Memória (*Mnemosyne*), a mãe das Graças é Eurínome (*Eurynóme*) e a mãe das Horas (*Hórai*) é Têmis (*Thémis*). Os nomes das Graças, filhas de Zeus, são autoexplicativos: Esplendorosa (*Aglaié*), Agradábil (*Euphrosýne*) e Festa Amorosa ou a Bem-vinda (*Erateiné*). Três nomes que se associam às ideias de contentamento, de alegria e de prazer. Todos esses coros (doze no total) de divindades femininas, como já dissemos anteriormente, atuam tanto na esfera da *res publica* quanto na esfera da *res privata*.

8. Claude Calame, *Variations Énonciatives, Relations avec les Dieux et Fonctions Poétiques dans les Hymnes Homériques*, p. 13.
9. Clémmence Ramnoux, *La Nuit et les Enfants de la Nuit*.

PASSEMOS ÀS GRAÇAS!

Martin West, no *commentary* à sua edição dos *Érga*[10], afirma que as Graças são o paradigma da beleza e podem conferi-la às deusas e às mortais. Sua mãe, Eurínome, é irmã da Astúcia (*Métis*), também mulher de Zeus, que, grávida de Atena, foi engolida pelo marido, que, por sua vez, dá à luz, sozinho, a deusa Atena. Todos esses dados genealógicos são sempre importantes para bem caracterizarmos uma divindade.

O vocábulo *kháris*, em grego, cobre uma gama bem ampla de significações, quase todas traduzíveis com exatidão para o português. Exemplifiquemos com estas expressões bem usuais em nosso cotidiano: "Estava em estado de graça", "Qual é sua graça?", "Ele caiu nas graças do chefe", "A árvore oferece-nos de graça sua sombra", "Foi agraciado com espantosa inteligência", "É totalmente gratuita esta maldade", "Trata-se de uma gratificação instantânea", "Congratulamo-nos por sua eleição", "Olha que coisa mais linda, mais cheia de graça [...]".

Embora seja possível identificar o uso e os significados do substantivo comum *kháris*, não percebemos de modo claro o que são a competência, o campo de ação e o propósito exato das três *Khárites* no complexo acervo da mitologia grega. Mac Lachlan[11] chama nossa atenção para a proeminência de que elas desfrutam especialmente na Poesia Arcaica, conforme inúmeros exemplos atestam, e esse fato é de tal forma relevante que, como sabemos, esse período da Literatura Grega é também conhecido como "A idade da Graça". Além dos significados apontados acima, a *kháris* é quem vibra diante do brilho da beleza de uma mulher ou quando, nos campos de batalha, os guerreiros a levam a seus comandantes ao vencerem por terem sido melhores na luta. *Kháris* é também o que identifica a adequação de uma conduta ou de um discurso.

Ela é, igualmente, considerada uma marca de distinção de nobreza: estava no centro da festa e nos versos de amor de um poeta; era, ainda,

10. M. L. West, *The Rise of Greek Epic*, p. 162.
11. B. Mac Lachlan, *The Age of Grace. Cháris in Early Greek Poetry*, pp. 87-123.

quem coroava o momento exato da glória de um atleta, como vemos cantada nos epinícios. No momento exato da morte, "encarava-se a melancólica antecipação do desaparecimento da *kháris*", conforme a formulação de Mac Lachlan[12]. Essa autora, por outro lado, afirma que, além de sua associação com a beleza e a política, no campo semântico em que se encontra esse vocábulo, a noção de prazer está sempre presente, sendo, entretanto, insuficiente para trazer-lhe uma definição. Essa helenista elenca alguns estudiosos e suas reflexões sobre o assunto, indo de Otto Löw[13] a Chantraine[14]. A partir daí, ela observa que, para os gregos do Período Arcaico, a *kháris* não se identifica com um "estado de alma", mas com um caráter bastante ativo que muito se distancia da passividade. Löw fala ainda em *vis laetificatrix* (com poder de trazer prazer/alegria). Assim, as *Khárites*, enquanto *deae laetificatrices*, trazem um prazer de natureza social. Mac Lachlan mostra-nos que, inicialmente, elas são adoradas como divindades da fertilidade, em seguida, são veneradas porque trazem uma ordem social e, posteriormente, se tornam protetoras da juventude, do casamento e da cura.

A natureza política das *Khárites* não é tão evidente quanto a das *Hórai*. Entretanto, sendo elas nomeadas, na tradução de Torrano, de Esplendorosa, Agradável e Festa Amorosa (ou Bem-Vinda), indicam – pelo que são – o prazer da beleza, do contato e da convivência amorosa, elementos de caráter social, referentes a um "outro", à união e a uma espécie de comemoração da vida em comunidade, por seu viés mais aprazível. Assim, as *Khárites* são dispensadoras de prazer, mas daquele que supõe reciprocidade, o que é compartilhado.

As três primeiras filhas de Têmis e Zeus, as *Hórai*, são sempre convocadas coletivamente e seus nomes individuais são, como os nomes das Graças, autoexplicativos: *Eunomía*, a "Boa lei", *Díke*, a "Justiça / Equidade" e *Eiréne*, a "Paz". As três deusas têm em comum diversas características, a começar por seus nomes, que, enquanto substanti-

12. *Idem*, p. 106.
13. Otto Löw, [1908] *apud* Mac Lachlan, *The Age of Grace*.
14. P. Chantraine, *Dictionnaire Étymologique de la Langue Grecque*.

vos comuns, são empregados na vida cotidiana, no vocabulário usual, como observa Jean Rudhardt[15], e suas funções na vida da *pólis* são evidentes.

Assim, como substantivo comum, *Hora* pode designar "Um período", "Uma divisão do tempo", "Uma hora", "Uma estação do ano" ou "A Primavera". O professor genebrino apresenta, ainda, uma classificação mais elaborada, da seguinte forma:

I. a) Um certo período de tempo, uma subdivisão do dia ou da noite, ou do ano ou de uma hora.

b) a Primavera.

c) a Primavera da vida, isto é, a juventude e sua beleza.

II. O tempo que faz nos diferentes períodos do ano em um lugar determinado: o clima.

III. O momento propício a determinados empreendimentos, o tempo que convém à realização de uma ação.

Para ficarmos nos autores do período arcaico da literatura, lembremos que, em Hesíodo, esse vocábulo aparece frequentemente com o sentido de "Estação" (*Opera*, vv. 581, 587 e 664), acompanhando a palavra *Théros*, com sentido de "Verão". Também aparece em Homero com a mesma significação, na *Ilíada* (II, vv. 467-468 e 471; VI, v. 148) e na *Odisseia* (V, vv. 85 e 185; XVIII, v. 367).

Paola Vianello de Córdova, nas notas que faz à sua tradução da *Teogonia*[16], destaca um verbo no verso 903, *oreúousi*, talvez cunhado pela primeira vez por Hesíodo a partir do substantivo *óre*, com "espírito fraco", significando "cuidado", "atenção", "zelo", "preocupação", "solicitude", segundo o Dicionário Bailly. A professora sugere que esse verbo esteja relacionado com o substantivo plural *Hórai*, propondo que essa aproximação sirva para explicar etimologicamente o nome dessas deusas. Ora, com essa ponderação, podemos adicionar às características "políticas"

15. J. Rudhardt, *Le Rôle d'Éros et d'Aphrodite dans les Cosmogonies Grecques*, pp. 82-96.
16. P. V. Córdova, *Hesíodo. Teogonia*, p. CCLXXXVII.

dadas por seus nomes, como anteriormente observamos, um traço de mais "afeto" e de maior proximidade da *res privata*.

Jean Rudhardt observa[17], ainda, que as *Hórai*, em geral, têm funções subalternas, dando sua colaboração, oferecendo seus cuidados a diversos deuses, sempre na obediência aos mandos de Zeus. E elas, igualmente, favorecem os trabalhos dos mortais, cuidando de seus resultados. Como atesta a etimologia do verbo *Oreuein*, já apontada, essas deusas têm, entre seus ofícios, as preocupações e os cuidados com aqueles a quem devotam sua atenção. Examinemos, então, seus nomes e suas funções.

NOMES E FUNÇÕES

Eunomía

O prefixo *eu-*, como sabemos, designa a boa qualidade do que temos no radical que se segue; neste caso, *nómos*, "regra", "lei", "costume", o que, em tradução literal, deveria ser "boa lei". Entretanto, como explica Rudhardt, no tempo da poesia épica, não encontramos a noção de "lei" tal como a percebemos no século V a.C., sendo, portanto, "boa organização" a expressão mais adequada para se traduzir *Eunomía*. Esta deusa não é objeto de mitos muito elaborados, porém, é muito prestigiada na tradição cultural grega. Basta lembrarmos de um trecho do discurso *Aristogíton* do grande orador Demóstenes: "[...] Atentemos para a *Eunomía*, amiga das causas justas que salvam todas as cidades e todos os países"[18].

Díke

Como os nomes de suas irmãs, *Díke* é igualmente uma palavra largamente empregada no cotidiano. Da mesma forma que para algumas

17. J. Rudhardt, *Le Rôle d'Éros et d'Aphrodite dans les Cosmogonies Grecques*, p. 83.

18. Demóstenes, *Against Aristogíton,* Spach 25, English translation by A. T. Murray, Cambridge, Harvard University Press, 1939.

outras noções do universo jurídico dessa época, é difícil determinar um único significado preciso. Sua primeira acepção é a de "Justiça de Zeus", como podemos ver nos *Érga* de Hesíodo[19], no episódio da disputa entre Hesíodo e seu irmão Perses, motivada pela injusta divisão da herança paterna. Assim, nos versos 34 a 39, lemos: "Decidamos aqui nossa disputa com retas sentenças, que de Zeus, são as melhores. Já dividimos o patrimônio e tu de muito mais te apoderando levaste roubando e o fizeste também para seduzir reis comedores-de-presentes, que tal justiça (*díke*) querem exercer".

Esta palavra, esta noção, está muito presente na obra de Hesíodo, principalmente em *Os Trabalhos e os Dias*. Em outro trecho (vv. 106-201), quando o poeta apresenta o "Mito das Cinco Raças", *Díke* se opõe à noção de *Hýbris*, o "Excesso", a "Desmedida". Outro exemplo pode ser visto na *Ilíada* (XIX), em um trecho em que Zeus se zanga com alguns homens e emprega a palavra *Díke* para se dirigir a eles: "na assembleia (*agoréi*) preferem sentenças judiciais tortas escorraçando assim a Justiça (*Díke*), indiferentes à vingança divina".

Jean Rudhardt[20] discorre longamente a respeito da proximidade entre *Thêmis* e *Díke*, apresentando farta exemplificação, e nos mostra que uma e outra podem se aplicar às relações familiares, como nos versos do poema hesiódico acima citados. Ele conclui que estes dois vocábulos não se distinguem nessa época.

Vale verificar o verbete *Díke* no dicionário de Liddel-Scott-Jones e igualmente no de Bailly, para nos darmos conta de que ambos dão, logo de início, o sentido de "uso" e "costume" a esta palavra grega. É Gernet quem nos adverte que, nos textos muito antigos, o substantivo *Díke* raramente aparece com um sentido jurídico[21]. Benveniste[22], por outro lado, faz a crítica dessas afirmações, lembrando que a palavra grega deriva de uma raiz indo-europeia à qual se liga o verbo latino *Dico*, "dizer",

19. Mary M. de Camargo Neves Lafer, *Os Trabalhos e os Dias de Hesíodo*, pp. 29-33.
20. J. Rudhardt, *Le Rôle d'Éros et d'Aphrodite dans les Cosmogonies Grecques*, p. 105.
21. Gernet, *apud* J. Rudhardt, *Le Rôle d'Éros...*, p. 107.
22. E. Benveniste, *apud* J. Rudhardt, *Le Rôle d'Éros...*, p. 108.

enquanto que o verbo grego *deiknymi*, "mostrar", também está ligado à mesma raiz indo-europeia e, segundo o ilustre linguista, significa "mostrar pela palavra".

Evidentemente, muito mais poderia ser esmiuçado a respeito desta palavra, porém, o mais relevante para o que se verifica no período arcaico se encontra, *supra*, apontado.

Eiréne

A terceira das Horas é a "Paz", palavra que, se colocada em oposição a "Guerra" (*pólemos*), curiosamente, não será o termo forte da polarização, como nos observa Norberto Bobbio[23], pois, na tradição grega, ela é tida como "ausência de guerra", "estado de paz". Isso se verifica quando uma cidade está ao abrigo das lutas, por exemplo. Na versão hesiódica, as três são filhas de Têmis e Zeus; e, enquanto divindade, *Eiréne* é representada como uma jovem de grande beleza, como pode atestar a documentação iconográfica.

Nos versos 225 a 229 dos *Érga*, temos:

> Àqueles que, forasteiros e nativos, dão as retas sentenças,
> em nada se apartando do que é justo,
> para eles a cidade cresce e nela floresce o povo;
> sobre esta terra está a Paz (*Eiréne*) nutriz de jovens e a eles
> não destina penosa Guerra (*Pólemos*), o longevidente Zeus.

Aí percebemos quão estreitamente relacionadas estão as três irmãs: a "Boa organização" da *pólis* está atada à "Justiça" e à "Paz". Pouco tempo depois, Baquílides (XXV) confirma esta relação: "Nesta cidade habita a *Eunomía* e também sua irmã que fundamenta as cidades, a infalível *Díke* e aquela que com elas cresceu, *Eiréne* [...]".

Os poetas antigos conheciam muito bem essas divindades, aliás, com grande anterioridade em relação a seus filósofos, que inventaram as de-

23. N. Bobbio, *Teoria Geral da Política*, p. 121.

finições e formularam as regras do discurso conceitual, concordando com o comentário de Rudhardt em seu belo livro *Thêmis et les Hórai*.

A estreita ligação entre a mãe e as três filhas é perceptível a partir do estudo de cada uma dessas palavras: *Thémis*, *Eunomía*, *Díke* e *Eiréne*, a "Lei humana", a "Boa organização", "Justiça divina" e a "Paz". Ora, a relação delas com a *pólis* é bem evidente, entretanto, nos domínios de Afrodite, como elas se explicam? Essas quatro noções são igualmente associadas ao crescimento dos vegetais, além de ter o poder de desviar as nuvens para que os deuses se coloquem em sua moradia celeste. Elas são, por fim, as forças que se manifestam nos indivíduos, sempre ativas no que chamamos de "Natureza".

Peithó

A Persuasão é participante deste ilustre cortejo. Para tentar explicar sua função, escrevemos a Parte III deste livro.

Talvez um bom fecho para esta reflexão sejam as palavras de Gabriella Pironti[24], quando diz que é fundamental que privilegiemos a maneira grega de falar de Afrodite. Com essa admoestação, ela inicia sua análise, lembrando que os gregos atribuíam aos "Trabalhos de Afrodite" (*Érga Aphrodítes*) um sentido bem prático e concreto de pulsão carnal/sexual necessária para a reprodução da espécie, como, aliás, é também o sentido do Amor nessa época. Afrodite traz consigo a companhia dos artifícios e da Persuasão com a finalidade de dar realidade ao desejo e ao prazer.

24. G. Pironti, *Entre Ciel et Guerre: Figures d'Aphrodite en Grèce Ancienne. Liège*, nota 15.

À GUISA DE ARREMATE

No ambiente classificatório e organizacional do círculo dos olímpios, logo percebemos o lugar que cada um deles ocupa. Afrodite, como todas essas divindades, terá suas especificidades e funções exatas se definindo gradativamente ao longo dos séculos, porém, no período em que este hino foi composto, a gama das suas competências é ainda bastante ampla. Vernant, em seu artigo sobre "A Sociedade dos Deuses"[1], observa que um dos maiores obstáculos para se compreender um deus em sua complexidade, é, muitas vezes, a informação lacunar que temos a respeito de suas origens. No caso de Afrodite, de acordo com as atuais perícias arqueológicas, constatamos que ela teria entrado no mundo grego pela remota Ilha de Chipre, aí levada pelos fenícios; desta forma nos damos conta de que é por essa razão que ela conserva características que supõem terras e culturas estrangeiras e que sua origem cultual está no Oriente Próximo Semítico.

Como complemento a seus epítetos, séquito e outras formas de "desdobramento" de sua figura, podemos ainda conferir os itens que lhe são dedicados na natureza (flores, frutos e animais), pois, normalmente, eles estão vinculados a uma de suas funções[2]. Neste sentido, são atribuídos à Cípria, a maçã, o dasmaco, a romã e todas as frutas redondas (*mélon*); e também a murta perfumada, a rosa, a papoula, a anêmona e

1. Jean-Pierre Vernant, "A Sociedade dos Deuses", *Mito e Sociedade na Grécia Antiga*, pp. 89-103.
2. Vinciene Pirenne-Delforge, *L'Aphrodite Grecque*, p. 410.

todas as flores e frutos que crescem nos locais onde ela é cultuada. Entre os animais, se destacam a pomba doméstica, a cabra, o ganso, o cisne e a tartaruga, sendo que esta foi imortalizada por Fídias na estátua de Afrodite Urânia, onde se vê a deusa com seu pé esquerdo sobre o casco desse quelônio. Do mar, temos os golfinhos e todas as criaturas marinhas que, por sua vez, são por Afrodite protegidas, já que têm como ela sua origem no mar.

Igualmente útil a ser considerado na investigação sobre as especificidades desta deusa é que observemos seus cultos, inquirindo a respeito da razão porque um devoto se dirige a ela e não a outra divindade[3] em determinados locais e em determinadas circunstâncias. Mas essa é uma outra pesquisa, que não cabe em nossos atuais propósitos.

Como afirma W. Burkert[4], "Um deus não pode ser criado com a finalidade de preencher um vazio: deve-se aprender a conhecê-lo, ele deve se revelar, bem como toda uma série de fatores contingentes". E em seguida, ele nos adverte que: "A Linguagem do politeísmo só pode ser aprendida passivamente. Impossível ter comando sobre ela".

Por fim, acrescentamos que a deusa Afrodite se revela neste *Hino Homérico* com todo o poder de sedução da beleza e das palavras engenhosas e eficazes; mostra-se com desenvoltura e intimidade no universo da astúcia, do engodo, das artimanhas, em relatos que nos apresentam uma das fontes fundamentais para podermos entender, mesmo que apenas aproximadamente, qual era a sensibilidade e a compreensão que os gregos antigos tinham do fenômeno erótico.

3. *Idem, ibidem.*

4. Walter Burkert, *Greek Religion*, pp. 217-218.

BIBLIOGRAFIA

OBRAS DE REFERÊNCIA, EDIÇÕES E TRADUÇÕES

ALLEN, T. W.; HALLIDAY, W. R. & SIKES, E. E. (eds.). *The Homeric Hymns*. Oxford, A. M. Hakkert, 1980.

BOER, Charles (ed.). *The Homeric Hymns*. Trad. Charles Boer. 2. ed. Dallas, Spring Publications, 1979.

CÀSSOLA, Fillippo (ed.). *Inni Omerici*. Milano, Fondazione Lorenzo Valla/Arnoldo Mondadori, 1988.

CHANTRAINE, Pierre. *Dictionnaire Étymologique de la Langue Grecque*. Paris, Klincksieck, 1983, vol. I; 1984, vol. II.

CRUDDEN, Michael (ed.). *The Homeric Hymns*. Trad. Michael Crudden. Oxford, Oxford University Press, 2001.

EVELYN-WHITE, H. G. (ed.). *The Homeric Hymns and Homerica*. Cambridge, Mass., The Loeb Classical Library/Harvard University Press, 1982.

FAULKNER, Andrew (ed.). *The Homeric Hymn to Aphrodite*. Oxford, Oxford University Press, 2008.

FURLEY, William & BREMMER, J. M. *Greek Hymns*. Tübingen, Mohr Siebeck, 2001, vol. 1.

GRAMACHO, Jair. *Hinos Homéricos*. Introdução e Tradução. Brasília, Editora da UnB, 2003.

HUMBERT, Jean. *Homère. Hymnes*. 6ième tirage, révue et corrigée. Paris, Les Belles Lettres, 1976.

VAN ECK, Johannes. *The Homeric Hymn to Aphrodite*. Introduction, Commentary and Appendices by Johannes van Eck. Utrecht, Utrecht University Library, 1980.

WEST, Martin (ed.). *Homeric Hymns, Homeric Apocryfa, Lives of Homer.* Trad. Martin West. Cambridge, Mass., Harvard University Press, 2003.

ESTUDOS EM ARTIGOS E LIVROS

BEN, Nick van Der. "Homeric Hymn to Aphrodite", 36-291, notes on the *Pars Epica*, *Mnemosyne*, n. 39, Leiden, 1986, pp. 1-41.

BERGREN, Ann L. T. "The Homeric Hymn to Aphrodite: Tradition and Rhetoric, Praise and Blame". *Classical Antiquity*, vol. 8, n. 1, pp. 1-41. Los Angeles, University of California, 1989.

BOBBIO, Norberto. *Teoria Geral da Política.* Org. Michelangelo Bovero. Trad. Daniela B. Versiani. Rio de Janeiro, Campus, 2000.

BOEDEKER, Deborah. "Aphrodite's Entry into Greek Epic". *Mnemosyne.* Leiden, Editions J. Brill, 1974.

BRANDÃO, Jacyntho Lins. *Antiga Musa (Arqueologia e Ficção).* Belo Horizonte, Faculdade de Letras da UFMG, 2005.

BREMMER, J. N. (ed.). *Interpretations of Greek Mythology.* London, Croom Helm, 1987.

BURKERT, Walter. *Greek Religion.* Translation by J. Raffan. Cambridge, Harvard University Press, 1985.

CALAME, Claude. "Variations Énonciatives, Relations avec les Dieux et Fonctions Poétiques dans les *Hymnes Homériques*". *Museum Elveticum*, vol. 52, n. 1, pp. 1-19. Genève, 1995.

______. *Eros na Grécia Antiga.* Trad. Isa Etel Kopelman. São Paulo, Perspectiva, 2013.

CAMPOS, Haroldo de. *Ilíada de Homero.* São Paulo, Mandarim, 2002, vol. I.

CÓRDOVA, Paola Vianello. *Hesíodo. Teogonia.* Estudio general, introducción, versión rítmica y notas. México, DF, Universidad Nacional Autónoma de México, 1978.

DETIENNE, Marcel. *Les Jardins d'Adonis.* Paris, Éditions Gallimard, 1972.

______. *Mestres da Verdade na Grécia Arcaica.* Trad. Ivone C. Benedetti. São Paulo, Martins Fontes, 2013.

______. & VERNANT, J.-P. *Métis: As Astúcias da Inteligência.* Trad. Filomena Hirata. São Paulo, Odysseus Editora, 2008.

EASTERLING, Pat E. "Greek Poetry and Greek Religion". *Greek Religion and Society*. Cambridge, Mass., Harvard University Press, 1985.

EDWARDS, M. W. *The Iliad: A Commentary*. Cambridge, Cambridge University Press, 1991, vol. V.

ETYMOLOGICUM Graecae Linguae Gudianum. Edited by Friedrich W. Sturz. Cambridge, Cambridge University Press, 2013 (1. ed., 1818).

EURIPIDES. *Medea and Other Plays*. Translation by James Morwood. Oxford, Oxford World's Classics, 2008.

FARNELL, L. R. *The Cults of the Greek States*, II. Oxford, 1896, reimpressão 1958.

FRÄNKEL, Herman F. *Early Greek Poetry and Philosophy*. Oxford, Blackwell, 1975.

FRIEDRICH, Paul. *The Meaning of Aphrodite*. Chicago, The University of Chicago Press, 1978.

FURLEY, William. "Types of Greek Hymns". EOS, LXXXI, Wroclaw, 1993.

______. "Praise and Persuasion in Greek Hymns". *Journal of Hellenic Studies*, n. 115, pp. 29-46. Cambridge, 1995.

GRAMACHO, Jair (org.). *Hinos Homéricos*. Trad. Jair Gamacho. Brasília, Editora da UnB, 2003.

HEITSCH, E. "Hymn to Aphrodite, Aeneas and Homer". *Hypomnemata*, n. 15, pp. 78-115. Göttingen, 1965.

HOEKSTRA, A. *The Sub-epic Stage of the Formulaic Tradition: Studies in the Homeric Hymns to Apollo, to Aphrodite and to Demeter*. Amsterdam, North Holland Public Co., 1969.

JANKO, Richard. "The Structure of the *Homeric Hymn to Aphrodite*: A Study in Genre". *Hermes*, n. 109, pp. 9-24. Stuttgart, Franz Steiner, 1981.

______. *Homer, Hesiod and the Hymns. Diachronic Development in Epic Edition*. Cambridge University Press, 1982.

KANNICHT, R. "Euripedes". *Tragicorum Graecorum Fragmenta*. Göttingen, Vandenhoeck & Ruprecht, 2004, vol. 5.1, pp. 261-312.

KENNEDY, George. *The Art of Persuasion in Greece*. Princeton, Princeton University Press, 1963.

KNUDSEN, R. A. *Homeric Speeches and the Origins of Rhetoric*. Baltimore, Johns Hopkins University Press, 2014.

LAFER, Mary de C. Neves. *Os Trabalhos e os Dias de Hesíodo*. Introdução, tradução e comentários. 5. reimp. São Paulo, Iluminuras, 2008.

LORAUX, Nicole. "Qu'Est-ce qu'une Déesse?" *In*: DUBY, G. & PERROT, M. (eds.). *Histoire des Femmes*. Paris, Éditions des Femmes, 1991, pp. 31-62.

MACLACHLAN, B. *The Age of Grace. Cháris in Early Greek Poetry*. Princeton, Princeton University Press, 1993.

MEIER, Christian. *Política e Graça*. Trad. Estevão R. Martins. Brasília, Edições Humanidades, 1998.

MORWOOD, James (ed.). *Euripides: Medea and Other Plays*. Translation and notes by James Morwood. Oxford, Oxford World's Classics, 2008.

PAUSANIAS. *Description of Greece*. Translated by W. H. S. Jones. Cambridge, Mass., Harvard University Press, 1975, vol. v.

PELLIZER, Ezio. "Tecnica Compositiva e Struttura Genealogica nell'in *Inno ad Aphrodite*". *Quaderni Ulbinati di Cultura Classica*, n. 27, pp. 115-144. Roma, Fabrizio Serra, 1978.

PESSOA, Fernando. "Ulisses". *Mensagem*. Organização, apresentação e ensaios de Cleonice Berardinelli. Rio de Janeiro, Edições de Janeiro, 2014.

PIRENNE-DELFORGE, Vinciene. "Le Sacré dans *l'Hymne Homérique à Aphrodite*". *KERNOS* 2, Liège/Athènes, 1989.

______. "Le Culte de La Persuasion". *Révue de l'Histoire des Réligions*. Paris, PUF, 1991.

______. *L' Aphrodite Grecque*. Liège, Centre International d'Études de la Religion Grecque Antique, 1994.

PIRONTI, Gabriella. *Entre Ciel et Guerre: Figures d'Aphrodite en Grèce Ancienne*. Liège, Presses Universitaires de Liège, 2007 (Col. Kernos Suppléments).

PLATÃO. *Leis III*. Trad. Edson Bini. São Paulo, Edipro, 1999.

PODBIELSKI, Henryk. *La Structure de* L' Hymne Homérique à Aphrodite *à la Lumière de la Tradition Littéraire*. Wroclaw, Polska Akademia Nauk, 1971.

PREZIOSI, P. G. "*The Homeric Hymn to Aphrodite*: An Oral Analysis". *Harvard Studies in Classical Philology*, vol. 71, pp. 171-204. Cambridge, Mass., Harvard University, 1967.

RAGUSA, Giuliana. *Fragmentos de uma Deusa: A Representação de Afrodite na Lírica de Safo*. Campinas, Editora da Unicamp, 2005.

RAMNOUX, Clémence. *La Nuit et les Enfants de la Nuit*. Paris, Flammarion, 1959.

______. *Mythologie: Ou la Famille Olympienne*. Brionne, Gart Monfort Editeur, 1982.

Ribeiro jr., Wilson A. (org.). *Hinos Homéricos*. Trad. Wilson A. Ribeiro Jr. São Paulo, Fundação Editora da Unesp, 2010.

Rudhardt, Jean. *Le Rôle d'Éros et d'Aphrodite dans les Cosmogonies Grecques*. Paris, puf, 1986.

______. "L'Hymne Homérique à Aphrodite". *Museum Helveticum*. Basel, 1991.

______. *Thémis et les Horai*. Genève, Librairie Droz, 1999.

Ruffy, Maria Vamvouri. *La Fabrique du Divin*. Liège, Presses Universitaires de Liège, 2004 (Col. Kernos Suppléments).

Segal, Charles. "Tithonos and the Homeric 'Hymn to Aphrodite': A Comment". *Arethusa*, vol. 19, n. 1, pp. 37-47. Batimore, Spring 1986.

Smith, Peter M. "Notes on the Text of the 5th Hymn". *Harvard Studies in Classical Philology*, vol. 83, pp. 29-50. Cambridge, Mass., Harvard University, 1979.

______. "Aineaidai as Patrons of *Iliad* xx and the Homeric Hymn to Aphrodite". *Harvard Studies in Classical Philology*, vol. 85, pp. 17-58. Cambridge, Mass., Harvard University, 1981.

______. "Nurseling of Mortality. A Study on the *Homeric Hymn to Aphrodite*". *Studien zur klassischen Philologie*. Frankfurt a. M., Bern, Peter D. Lang, 1981.

Strauss-Clay, Jenny. *Politics of Olimpus, Form and Meaning in the Major Homeric Hymns*. 2. ed. Bristol, Bristol Classical Press, 2006.

Torrano, Jaa. *Medeia de Eurípides*. Tradução e Comentários. São Paulo, Hucitec, 1991.

______. *Hesíodo. Teogonia: A Origem dos Deuses*. São Paulo, Iluminuras, 2017.

Tucídides. *História da Guerra do Peloponeso*. Tradução, introdução e notas de Mário da Gama Kury. 3. ed. Brasília, Editora da unb, 1999.

Van Der Ben, Nick. "Hymn to Aphrodite, 36- 291, Notes on the *Pars Epica* of the *Homeric Hymn to Aphrodite*". *Mnemosyne*, n. 39, pp. 1-41. Leiden, Editions J. Brill, 1986.

Vernant, Jean-Pierre. *Mito e Sociedade na Grécia Antiga*. 2ª ed. Trad. Myriam Campello. Rio de Janeiro, José Olympio Editora, 1999.

Versnel, H. S. & Van Straten, F. T. (eds.). *Faith, Hope and Worship*. Leiden, U. L. Press, 1981.

West, Martin L. "The Rise of Greek Epic". *Journal of Hellenic Studies*, vol. 108, pp. 151-172. Cambridge, 1998.

______. "The Name of Aphrodite". *glotta*, n. 76, pp. 134-138. Berlin, 2000.

Título	*Engenhos da Sedução*
Apresentação e Tradução	Mary de Camargo Neves Lafer
Prefácio	Olgária Matos
Editor	Plinio Martins Filho
Produção Editorial	Millena Machado
Capa	Ateliê Editorial
Editoração eletrônica	Victória Cortez
Revisão	José de Paula Ramos Jr.
Formato	15,5 x 22,5 cm
Tipologia	Minion Pro
Papel	Offset 180 g/m² (capa)
	Chambril Avena 80 g/m² (miolo)
Número de Páginas	136
Impressão e Acabamento	Lis Gráfica